アンソロジー　舞台！

近藤史恵・笹原千波・白尾 悠・
雛倉さりえ・乾 ルカ

役を生き[illegible]界観を作り出す舞台装置、息を潜めた客席の雰囲気。すべてが合わさって生まれる「舞台」は、同じものは二度と生まれない特別な空間です。きらびやかで華やかな非日常を楽しむ場所であると同時に、「誰かの人生を演じてみる」「そこに自分の人生を重ねてみる」意外に身近な場所なのかもしれません。自分という「役」を演じながら日々を過ごすわたしたちにとって、毎日が自分だけの「舞台」とも言えます。ミュージカル、バレエ、ストレート・プレイ、2.5次元……さまざまな舞台をテーマに描かれた五つの物語を収録した文庫オリジナル・アンソロジー、開幕です。

アンソロジー　舞台！

近藤史恵・笹原千波・白尾 悠・
雛倉さりえ・乾 ルカ

創元文芸文庫

STAGE!

2024

目次

アンソロジー　舞台！

ここにいるぼくら

近藤史恵

近藤史恵（こんどう・ふみえ）

1969年大阪府生まれ。93年、『凍える島』で第4回鮎川哲也賞を受賞しデビュー。2008年『サクリファイス』で第10回大藪春彦賞を受賞。主な著書に〈ビストロ・パ・マル〉シリーズ、『ねむりねずみ』『ガーデン』『薔薇を拒む』『みかんとひよどり』『それでも旅に出るカフェ』『ホテル・カイザリン』がある。

制作の夏目さんから電話があったのは、八月の定期公演が終わって、三日後のことだった。稽古期間や、公演中はしょっちゅう顔を合わせるが、舞台が終わってしまうと、その後は何か月も会わないことはよくある。

不思議に思って電話を取る。

「あ、琴平くん？　琴平くんへの、出演依頼が劇団の方に届いたから、転送するね」

「出演依頼？　どこからですか？」

「なんか、知らないところ。こないだの本公演で、琴平くんを見たんだって。でも、公演期間、東京で二週間くらいあるし、大阪も福岡もあるよ」

じゃあ、それなりに大きいところだ。少なくとも小劇場の客演というわけではないらしい。

「いつですか？」

「初日が十一月頭かな。九月半ばに稽古に入るって」

「すぐじゃないですか？」

普通なら舞台のスケジュールは、公式で発表されるよりずっと前から動いている。売れっ子なら三年先まで埋まっていることも珍しいことではない。

だから、こんな直前に出演依頼があるということは、なにか不慮の出来事があった可能性が高い。役者が降板したとか、体調を崩したとか。

そして、喜ばしいのか、悲しいのか、ぼく、琴平達矢の予定はかなり先まで空っぽである。

劇団の定期公演は半年に一度、それまでアルバイトをしながら、別の舞台のオーディションを受けたりするだけだ。だが、コロナ禍で舞台の仕事は減っている。

三十四歳。もう十年以上そうやって生活をしている。情けないと思う人もいるかもしれない。だが、ぼくは舞台が好きだし、そこで生きることに喜びを感じている。売れっ子俳優になる未来を夢みたことがないとは言わないが、売れることより、自分が好きな舞台をやっていきたいのだ。

ぼくの所属している劇団、トーンリストの劇作家で演出家である音原聖は、まだ二十代の女性で、すでに何度も有名な賞の候補になっている。彼女の名前は演劇好きにも知られているし、トーンリストの舞台は新聞にも劇評が載る。チケットもよく売れているから、小劇場の舞台でよくあるような、チケットノルマもない。だが、悲しいことに、音原聖の名前は知っていても、その劇団の、主役でもない一俳優、琴平達矢の名前まで知っている人は少ないだろう。

テレビや映画では、俳優の名前は知っていても演出家や脚本家の名前は、俳優ほどは知らないという人が多い。小劇場演劇では、そこに逆転の現象が起こる。

ぼく自身は現状に大きな不満はない。音原の作り出す舞台が好きだから劇団にいる。公演がない期間は、殺陣(たて)の多い人気劇団のアンサンブルとして舞台に立つこともある。子供のときから剣道をやっていたのと、運動神経には自信があるから、そちらでも活躍できる。たぶん、今回の出演依頼もそっち方面だろうとぼくは予想した。

無名とはいえ舞台でまったく稼げていないわけではない。舞台に出ない間は、アルバイトだってやっている。なにより、妻の晴海(はるみ)も、ぼくの生き方を認めてくれている。彼女はイラストレーターで、充分ひとりで生活できる収入があるから、ぼくがアルバイトをしていようが、三か月旅公演に出て帰ってこなかろうが、まったく気にしていない。ぼくが家にいるときはもちろん積極的に家事をやっている。

まわりからの正規労働者として働けというプレッシャーも少ないのは、かなり恵まれているのだと思う。うちの両親にそう言われるのは慣れているから聞き流せるし、晴海の両親は「不安定なフリーランス同士」ということで納得してくれている。

暇な時期は何度も雇ってもらっている結婚式場で、またアルバイトを再開するつもりだったが、舞台の仕事で稼げるのなら、その方がいい。

ぼくは、夏目さんに出演依頼のファックスを転送してもらうことにした。自宅のファックスから、吐き出される紙を手に取る。

「『舞台 大江戸ノワール』 青イタチ役　出演依頼」

ぼくは何度かまばたきをした。大江戸ノワールとはなんだ。なぜ、大江戸なのにフランス語なのだ。

文字の下には、鮮やかな青い髪をした美形キャラのイラストがあった。


制作会社の応接室で、ぼくは演出家の林と顔を合わせた。

髪と髭を伸ばした四十代くらいの林を見た瞬間、ちょっと肩の力が抜けた。なんというか、小劇場界によくいるタイプの演出家に思えたからだ。まったく会ったことのない人種と仕事をするわけではなさそうだ。

「二・五次元って知ってる？　うちはミュージカルじゃなくてストプレだけど」

「名称だけは……」

マンガやアニメやゲームの舞台化。イケメンの若い俳優がたくさん出てきて、女子に人気がある。そこから人気が出て、大きな舞台に立つ役者も増えてきている。ぼくの知っているのはそのくらいだ。

「『大江戸ノワール』は江戸を舞台にしたソーシャルゲームで、舞台も次で四作目になる。琴平くんが出てくれると、本当に助かるんだけど」

「えっと……」

ぼくはファックスを見たときから、ずっと渦巻いている疑問を口にした。

「なんでぼくなんですか?」

「動けて、殺陣も演技もできて、キャラのイメージに近い」

ぼくはあらためて、手元にあるイラストの資料を見た。どう見ても二次元のきらきらイケメンである。キャラのイメージに近い? ぼくが?

自分のことを不細工だとは思わない。だが、ハンサムだとかイケメンだとか言われたこともない。まあ、平均レベルの三十代男性だろう。

ぼくが微妙な顔をしていたのだろう。林は言い直した。

「痩せてて、小柄。あと、声がキャラの声優に似てる。顔はメイクでどうとでもなる。うちのメイクアップチームすごいから」

具体的に言われて、ようやく理解する。

「あと、スケジュールが空いてる」

……納得である。

「キャス変なんだよ。だから、最初は嫌な思いするかもしれないけど」

「キャス変?」

「キャスト変更。第三作まで青イタチをやっていた俳優が、体調を崩して出られなくなった」

「はあ……」

舞台では決して珍しいことではない。続編でキャストが変わることはよくあることだ。

「で、受けてくれる？　スケジュールには問題ないって言ってたよね」

ぼくは頷いた。提示された出演料も、充分すぎるものだった。

「あ、念のため言うけど、犯罪とかパワハラとか暴力沙汰とか困るのは当然だけど、女性にむやみやたらに手を出したり、遊んで捨てたりとかもダメだからね。今はＳＮＳ社会だから、一瞬で広がるし、キャラのイメージが大切だから」

「既婚なので、そんなことしません」

もちろん既婚者が全員しないわけではないだろうが、ぼくはしない。晴海に殺される。

「あと、衣装から出るところ、全部シェービングして。臑、腕、脇、見えるところ全部ね」

「シェービング？」

思いもかけない単語が出てきて、ぼくは目を剝いた。林はぼくの目を見て言った。

「二次元の美形は、毛なんか生えてないんだよ」

翌日はビジュアル撮影だった。メイクアップチームがすごいという演出家のことばを、ぼくは身をもって知った。

タレ気味の目をテープで引っ張り上げられ、イラストそのままの現実ではありえない青いウィッグをかぶせられる。

つけまつげにアイライン、フェイスシャドウにノーズシャドウ。一時間以上かけてこってりとメイクされた後、鏡の中にいたのは見知らぬハンサムだった。

正直、今日の記憶を全部失った後、この顔を見ても自分だとは気づかないと思う。

イラスト通りの鼠小僧(ねずみこぞう)のような装束を着る。なぜかノースリーブでハーフパンツなので、脇も腕も足の毛も全部剃(そ)った。晴海が電動シェイバーを貸してくれたので、カミソリ負けすることもなく、きれいに剃り上げることができたが、まだ違和感は残っている。

ちゃんとしたスタジオで、たったひとりで写真を撮られるというのも、はじめての経験だ。フォトグラファーの女性に言われるままに、ポーズを取り、写真を撮られる。カメラに向かって笑いかけている自分を、遠くで別の自分が呆れて見ている。

写真はすぐにパソコン画面に表示されて、それを見た林が、なにか言っている。

「メインビジュアルと、プログラムに使う分と、あと、ブロマイドの分もあるからなあ……二十枚くらいは違う構図で欲しいよな」

聞き捨てならない単語が出てきて、思わず尋ねた。

「ブロマイドってなんですか?」

「会場で売るんだよ」

「……だれが買うんですか?」

「……おまえのファンじゃね？」

林はいつの間にか、おまえ呼びになっている。小劇場界では、よくあることだからそれは気にならないが、ぼく自身もぼくのファンの存在など知らない。

「まあ、おまえのファンじゃなくても、キャラのファンが買うんだよ」

そういうことかと納得するが、それでも売れる気がしない。キャラが好きな人が見たいのは、あくまでもあのイラストの青イタチで、ぼくが演じている写真ではないだろう。

フォトグラファーさんが笑う。

「心配しなくていいです。別にノルマがあるとかそういうんじゃないんで。でも、どのキャラクターにもファンがいるから、扱いは平等にしないと」

そう言われて、少し理解できた。いくら人気のないおじさん役者が演じていても、他のキャラよりも扱いが悪いと、キャラクターのファンにとっては腹立たしいのだろう。

だが、同時に気づく。

（責任重大じゃないか……）

軽い気持ちで受けてよかったのか。そもそもいくらメイクしたって、若いきらきらしたイケメンの中に入ったら、絶対見劣りするのではないか。

背中に冷や汗が浮かぶ。

だが、ぼくは、その時点ではまったく気づいてなかったのだ。

「キャス変」が、いかに大きな波紋を呼ぶか。

稽古がはじまるまでに、台本を読み込むことも必要だが、今回はそれ以外にやることがたくさんあった。

「舞台 大江戸ノワール」の前作、三本のＤＶＤを見る。制作会社からもらったソーシャルゲームのシナリオを読み、声優の演技の音声データを聞く。

実際にゲームも少しやってみたが、期間限定のシナリオがほとんどで、過去のシナリオはイベント復刻のときでないと読めないらしい。

しかも、舞台は舞台で、まったくのオリジナルという話だった。

原作がある舞台というのも、過去にやったことがあるが、なんというか今回はあまりにも全貌がふわっとしていて、つかみ所がない。

唯一、ほっとしたのは、前回まで青イタチをやっていた俳優があまり上手（うま）くはなかったことだ。

若くて、ハンサムで、きらきらしているのはわかる。だが、滑舌（かつぜつ）はよくないし、声も大声を出すだけで、抑揚（よくよう）はない。これなら、さすがにぼくの方がうまくやれるのではないだろうか。

それ以外の俳優も玉石混淆（ぎょくせきこんこう）といった感じだ。主役の南町奉行所（みなみまちぶぎょうしょ）の同心（どうしん）である、師走原匠之（しわすはらたくみの）

助(すけ)を演じる俳優は、美形で上手いし、出てくるだけで華やかだ。殺陣も迫力とスピードがあり、こんな役者がいたのかと思ったほどだ。

一方で、ハンサムだが、まだまだ技術は未熟な俳優もいた。舞台はよく見る方だが、ここまで実力に差があるのも珍しい。

仕事部屋に籠もっていた晴海がリビングに出てきた。冷蔵庫からアイスコーヒーの紙パックを出してグラスに注いだ。

「たっちゃんもコーヒーいる?」

「あ、うん。欲しい」

彼女は、ぼくのマグカップにもアイスコーヒーを注いでくれた。

そのままソファに座って、DVDの映っている画面を見る。

「これ、たっちゃんが今度やるやつ?」

「そう。二作目の『吉原(よしわら)クーデター』」

舞台は映像やプロジェクションマッピングなども使って、華やかに仕上げてある。まだ未熟な俳優がいても、楽しく見られるのは、演出の力だろう。

晴海は、ソファの上で三角座りをしてつぶやいた。

「なんで、女の子が好きなものって、宝塚(たからづか)とか男性アイドルとか、バキバキにかっこいいだけでなく、ちょっとゆるいというか、間が抜けてる部分があるんだろうね」

それはぼくに聞かれてもわからない。

ふいに、晴海が言った。

「ねえ、たっちゃんのスマホ、なんかずっと通知来てる音がするんだけど」

バイブにして、ダイニングテーブルに置きっぱなしだったから気づかなかった。

そういえば、たしか今日、「舞台 大江戸ノワール」四作目「八百八町 百花繚乱」の情報解禁日だと聞いていた。

ぼくの名前と、扮装写真も発表になるはずだ。楽しみというよりも、あきらかに不安の方が大きい。

スマートフォンの画面には、次々と通知が表示されている。あわててツイッターアプリを立ち上げる。

どうやら、扮装写真がツイッターに上げられ、そこにぼくのツイッターアカウントのリンクも張られていたらしい。

知り合いからの「琴平くん、こんなのやるの？」とか「もう別人だろ」というリプライもあるが、なにより、すごい勢いでフォロワーが増えていっている。

もともと二千人ほどだったが、それでも知名度に比べると多い方だと思っていた。だが、今朝と比べて二百人以上増えている。

しかもフォロワー欄を見ると、アイコンから「大江戸ノワール」のファンであることがわかるアカウントが多い。

　悪いことをしているわけではないのに、なんだか少し申し訳ないような気持ちになる。ぼくをフォローしてもいいことはなにもないと思う。

　だが、「舞台 大江戸ノワール」のアカウントのリプライ欄をなにげなく見たとき、ぼくは息を呑んだ。

「誰？　この人。阿里山（ありさん）くんはどうしたの？」

「マジ、ショック。阿里山くん以外の青イタチ見たくないんですけど」

「最悪。キャス変するくらいなら、続編なんて見たくない」

　否定的なコメントばかりが並んでいる。

　阿里山暦（こよみ）というのは、前に青イタチを演じていた若手俳優だ。おそるおそる、彼のツイッターアカウントを見ると、十万人くらいのフォロワーがいた。

　つまり、ぼくが知らないだけで、その世界ではめちゃくちゃ人気があったのだ。

　阿里山のアカウントは一か月前から更新されていない。体調を崩しているという話は聞いたが、それに関するコメントもない。

　わかっている。ぼくは畑違いの俳優で、三十四歳のおじさんで、人気があるわけでも、ハンサムなわけでもない。

　大歓迎されるとは思っていなかったが、それでも最初から「ショック」だとか「最悪」とか「見たくない」とまで言われるとは思っていなかった。

うまくやれる、なんて思っていた鼻をへし折られたような気分だった。


稽古がはじまる。

最初に顔合わせという自己紹介をするのは、アンサンブルや客演で他の舞台に立つときと同じだ。

だが、俳優がほとんど若い男性というのは、はじめての経験だ。スタッフは女性も多いし、ぼくよりもキャリアの長そうな人もいる。

マスクをしていても、みんなあきらかに整った顔をしているし、なにより背が高くて足が長い。みんな揃ってスタイルがいい。

原作の青イタチは小柄な盗賊だから、スタイルの良さは求められないとしても、なかなかダメージが大きい。

早速台本の読み合わせがはじまる。

こういうのもいつもと変わらない。はじめての現場の緊張感がどんどんほぐれていく。

だが、ぼくの台詞(せりふ)の番になったときだった。

「ちょっとストップ」

林の鋭い声が飛んできた。

「琴平、声優の硲さん、そういうしゃべり方だったか？」

「えっと……」

たしかに声優の演技は、もっとコミカルでおどけた感じだった。

だが、この場面はシリアスな場面で、声優の演技を物まねするのは違う気がした。

阿里山が演じていた青イタチが、あきらかに声優の演技を意識していたこともあり、ぼくはシリアスな場面では、落ち着いたトーンで話したかった。

「声優の演技を完コピするのも、なんか違うかなって……ちょっと思いました」

一瞬で、空気が緊張する。この現場も、演出家に刃向かうのは御法度なのだろうか。

「おまえ、今、完コピって言ったよな」

「……はい」

「完コピできるのかよ！　完コピできるならそうやってくれよ」

林はまっすぐにぼくを睨み付けた。

「おまえの、オリジナリティーなんていらねえんだよ！」

落ち込みながら、朝握ってきたおにぎりを食べ、サーモマグに入れてきたコーヒーを飲む。

観客からは「見たくない」と言われ、演出家からは「おまえのオリジナリティーなんていらない」と言われる。前途多難である。

おにぎりを食べ終えて、ラップをまとめて鞄（かばん）にしまったとき、横に大きな影が座り込んだ。

横を見ると、背の高い男がいた。マスクをしていても、目が笑ってるのがわかる。

たしか、那珂都彰（なかとあきら）という俳優だ。高瀬川遥香（たかせがわはるか）という歌舞伎役者の役をやっている。ニヒルで美形で、あきらかに人気がありそうな役だと思っていた。

「イケボですねえ！」

那珂都はにっこにこの笑顔で言う。

「滑舌もすごくいいですよね。俺すぐ噛んでしまって……普段、どういう舞台出てるんですか？」

「えっと、小劇場が多くて……普段はトーンリストという劇団で……」

「えっ、興味ある。次回公演あったら、絶対見に行きますね。あ、ツイッターフォローしていいですか？」

なんだ、この男は、と思った。人懐（ひとなつ）っこすぎる。

舞台の上の、ニヒルでクールな雰囲気とは全然違う。

まだ食事を続けている俳優たちが笑った。

「出た。彰の距離ゼロ」

「琴平さん、気にしなくていいっすよ。そいつ、大型犬なんで」

せめて、自分も俳優たちの情報を頭に入れてくれればよかったと思う。話題に困る。

「ええと、那珂都さんは、普段は二・五を？」

「ため口でいいっすよ！　年上でしょ。俺、二十四歳なんで」

さすがに若い。那珂都は話し続けた。

「俺は、『大江戸ノワール』の一作目がデビューなんですよね。今は他の二・五もいろいろやってますけど。琴平さん、いくつですか？」

「俺は、三十四歳」

「あ、じゃあ花ちゃんとかと、同世代ですよ」

花ちゃんと呼ばれた花川洋平が手を上げた。彼は火消しの龍吾郎という役で、役での絡みも多いから、同世代だと聞いて、少しほっとした。

「胡桃沢さんは三十八歳だし……」

それを聞いて、ぼくは目を見開いた。胡桃沢亮二は、主役の師走原を演じている役者だ。どうみても二十代か、せいぜい三十代前半にしか見えない。

二・五次元俳優は若者しかいないとばかり思っていた。だが、マンガやゲーム原作の舞台が上演されるようになってからずいぶん長い。ぼくが知らないだけで、この世界でキャリアを重ねている役者もいるのかもしれない。

休憩の後は、殺陣の稽古だった。経験の浅い役者に比べれば、多少は動けるが、青イタチは短刀を使って戦うから、動きもタイミングも、普段の殺陣とはかなり違う。

汗だくになって、稽古は終わった。

帰り支度をしていると、那珂都が話しかけてきた。

「琴平さん、俺たち、これから自主練するんで、よかったらいろいろ教えてくれませんか？」

声を掛けてくれるのは素直にうれしいが、今日は晴海に、早く帰ると言ってしまった。

公演期間や旅公演の間は、家事もあまりできない。だから、夫婦間で約束したことはなるべく守るようにしている。

「ありがとう。次、参加させてもらうよ。今日は奥さんに早く帰るって言っちゃったから……」

「かっけー！　イケメンですね！」

そう言う那珂都の声には、揶揄の気配はまったくない。年上の男性に同じことを言ったときの反応とは、まったく違う。

鞄を持って、稽古場を出て行くエレベーターを待っていると、胡桃沢が出てきたので、頭を下げる。主演だからマネージャーでもついているのかと思ったが、大きなリュックを自分で持っている。稽古着なども自分で持ち歩いているようだ。

自然に、駅まで一緒に歩き出すことになる。なにか話す内容がないかと考えていると、胡桃沢が口を開いた。

「キャス変の、ネガティブな反応、最初だけだから気にしなくていいよ」

ぼくは驚いて彼の顔を見た。

「ぼくも経験あるからわかるよ。二・五舞台のファンの子たちは、その人が演じるそのキャラクターを好きになることが多いから、他の続編ものの舞台よりもキャスト変更に関しては、ショックを受けがちだと思う。全員変わるならまだしも、他のキャストは続投だしね」

昨夜、SNSをチェックしてみると、「#阿里山青イタチを返してください」とか「#阿里山暦くんの続投を望みます」みたいなハッシュタグまで出来ていて、よけい落ち込んだ。しばらくSNSを見るのをやめようかと思ったほどだ。

だが、それとは逆にフォロワー数は増え続けている。発表前よりも五百人は増えたと思う。それだけ人気コンテンツなのだと実感する。

ただ、主演である胡桃沢が、キャスト変更に関するSNSの反応までチェックしているとは思わなかった。

「阿里山くんは、人柄がよかったからね、応援しているファンが多かったんだ」

人柄がいいことが、舞台を見ている人に伝わるのだろうか。ぼくが不思議に思っているのがわかったらしく、胡桃沢が笑った。

「SNSのライブ配信や、写真集やカレンダーのお渡し会なんかで直接人柄に触れる機会も増えたからね。やはり応援したい気持ちにさせてくれる子は強いよ」

なるほど。たしかに嫌なやつを応援したい人は少ないだろう。

「あと、林さんのことも、普段からあんな人だから……。怒鳴るなんて古いんだよね。ぼくはもうちょっとアップデートした方がいいと思うけど、まあそれでも理不尽なパワハラみたいなことをする人じゃないから」

胡桃沢のことばにぼくは、苦笑した。

「大丈夫です。古いタイプの演出家、慣れてますんで」

「そう。よかった。でもさ、ぼくは林さんの言うことにも一理あると思っててさ」

胡桃沢はリュックを背負いなおした。

「どんなに完コピしようとしても、結局は自分が出るんだよね。むしろ、完全にそのキャラクターになりきった先に、はじめて自分が存在できるようになるというか……わかる?」

はっとした。過去に男性俳優のみ（オールメール）でシェイクスピアのリア王をやったことがあり、ぼくははじめて女形を演じた。リアの次女、リーガンの役だった。

女の仕草が身につくまで、何度も何度も繰り返して、ようやく自然に女としてふるまえるようになったとき、その役の心になれた気がした。

「わかった……かもしれません」

「よかった。それとさ、キャス変のことに話を戻すけど、今いろいろ言っているファンの子たちも、舞台で琴平さんの姿を見たら、絶対変わるから」

彼がなぜ、そう断言できるのか不思議だった。

「そうでしょうか……」

「そうだよ。ぼくは、この業界長いからね。知ってるんだ」

マスクをしていてもわかる切れ長の目で、彼は微笑んだ。

それは単なる安請け合いかもしれない。だが、ちょっと恋に落ちてしまいそうな気分になる。

ファンの女の子たちの気持ちが、急に理解できた気がした。

稽古は進んでいく。声優の音声データを聞き込んだこともあり、青イタチらしい話し方をすることにも慣れた。

殺陣ができるという強みもあるから、キャストやスタッフが、ぼくに話を聞きにきてくれて、仲のいい人も増えた。稽古場にいること自体は楽しいと感じることが増えた。

SNSでネガティブな言及をされることは、あるときからとたんに減った。阿里山暦の事務所から、持病の治療のため無期限の休養が発表されたと、後で知った。

一方で、常にもどかしさがまとわりついているのも事実だ。

舞台の全容がまったく見えない。実際の舞台ではプロジェクションマッピングを利用するから、稽古場では、その映像は口頭でしか説明されない。

必然的に、見えない敵と戦ったりしなければならないし、感情が少しもついて行かない。

コンピューターグラフィックスを多用する映画やドラマの撮影などに似ているのかもしれない。ぼくは古いタイプの俳優だから、そういう状況に慣れていない。

舞台稽古がはじまれば、少しは変わるのかもしれないが、舞台稽古は本番の三日前だ。そこまで気持ちを置いてきぼりにするわけにはいかない。

数日前から衣装をつけた稽古がはじまっている。

青イタチは、軽装だからさほど変化はないが、二次元の動きを再現したウィッグは、意外に重かった。

師走原や、高瀬川を演じる役者たちは、長髪のウィッグをつけた上に、何枚も重ね着をした着物と袴(はかま)で立ち回りを演じなくてはならない。

額に汗を滲(にじ)ませ、彼らは真剣に林の指示を聞いている。

すっかり仲良くなった花川と並んで、ぼくは稽古を見ていた。龍吾郎も青イタチもこの場面には出てこないので、少しだけリラックスした気分になれる。

「大変だよなあ……」

イラストを再現するために、普通よりも重い衣装と、重いウィッグ。体力がないとつとまらない。

正直、なにも知らなかった頃は、二・五次元の舞台なんて、女の子にキャーキャー言われたい若手がやっているものだと思っていた。だが、あまりにも大変すぎる。

モテたいという気持ちだけではやっていけない。

「俺ら、なんのためにここまでやるの?って自分でも思うもんなあ。スタイル維持しないといけないから、酒も控えてるし」

花川は小さな声でそう言って笑った。

胡桃沢があれほど若く見えるのも、それだけ体型維持や肌の手入れに力を入れているからだろう。稽古の合間にスキンケアや男性用エステサロンの話などが出るのも日常茶飯事だ。

「花ちゃんはなんでやってんの?」

「え? 仕事だから」

クールな答えが返ってくる。

「そりゃあ、最初は女の子にモテたらうれしいなあと思ったことはあるけどさ。別にモテてもつきあえないしなあ。今は仕事としてやってるかな。でも、やっぱり舞台が好きだからだろうな」

そういう花川を少しうらやましいと思った。

ぼくはまだ、この舞台をつかみあぐねている。好きになりそびれている。

「はーい、二十分休憩! 休憩後はさっきと同じとこやるから」

舞台監督の声がして、那珂都がぼくたちの近くにやってくる。ヘアメイクの人にグレーのロングヘアのウィッグだけ外してもらい、長ベンチに座って、ぜえぜえと息を吐く。

もう秋で、稽古場は涼しく温度調節されているというのに、水をかぶったように汗だくだった。

「マジ、キッツい……」

「おつかれ」

花川が差し入れでもらったスポーツドリンクのペットボトルを渡す。ストローを一緒に添えるのは、メイクが落ちないようにだろう。

花川が那珂都に尋ねた。

「彰はなんで、二・五やってんの？」

「なんですか。ヤブカラボーに」

「いや、琴ちゃんがなんか知りたいみたいだったから」

ストローでスポーツドリンクを飲みながら、那珂都は首を傾げた。

「俺はねえ。自分がここにいることを知ってもらいたいです」

「なにそれ。有名になりたいってこと？」

「有名になりたいのかもしれないけど、でも、ちょっと違うというか……大声で叫びたいんです。俺はここにいるぞーって」

花川は笑った。

「なんだよそれ」

ぼくも思わず笑う。でも、バカにしているわけではない。あまりにも那珂都がうまく言い表したからだ。

「すっげえ、わかる。そういうとこある」

そう言うと、那珂都は「ですよね！」と目を輝かせた。

別に有名になりたいわけではない。ただ、人混みの中に紛れていたくないのだ。限られた人でもいい。自分がここに、今存在していることを知ってほしい。

「あとさー、なんかサウナみたいなところないですか？」

「サウナ？」

「めっちゃ我慢して、汗だくになって、くたくたになって、幕が下りた瞬間、なにもかも解放される、みたいな……」

それは、他の舞台でも同じだ。もしかしたらぼくたちはアドレナリンの依存症なのかもしれない。

だが、そうでもなければ売れない役者なんて続けられない。

稽古場での稽古の最終日だった。明日から舞台稽古に入り、その三日後には本番だ。

少し不思議な気がする。トーンリストの本公演は、大道具の人だけではなく、役者も装置の搬入作業に参加する。

だが、「大江戸ノワール」の現場では、役者が装置を運んだり、組み立てたりすることはない。

演出家からの最後の指示を台本に書き込んでいると、ふわりといい匂いがした。顔を上げると、胡桃沢がのぞき込んでいる。

「もうすぐ本番だね。琴平くんは、キャリアもあるから大丈夫だと思うけど、なにか困ったこととか、不安に思っていることとかない？」

座長という立場だから、こうやって声を掛けているのだろう。

「今さら言うのも変かもしれないんですけど……プロジェクションマッピングの件です」

胡桃沢が軽く首を傾げる。

「まだ、実際の映像って見たことないんですよね。立ち位置や動きだけが厳密に決められているだけで。だから、正直、まだ実感がないんです。客席からどう見えるか。舞台稽古をしたら、もう少しわかるようになるんでしょうか」

今回、ぼくは、巨大な火の妖怪とひとりで立ち回りをすることになっている。その火の妖怪は、ラフ画でしか見ていない。そんな状態で、上手く気持ちが入るのだろうか。

胡桃沢は意味深に笑った。

「いいこと教えてあげようか。実をいうと、舞台稽古でもわからないし、本番になってもわからないよ」

「へ？」

「プロジェクションマッピングは平面の映像だからね。ちょっとは視界に入るし、全然見えないわけじゃない。でも、ぼくたちは舞台の上で、立体の彼らを想定して、演技しなきゃならない。何十公演やっても、全然わからないし、ようやく客席からどう見えているかわかるのは、舞台の映像を観たときかな」

シリーズの主演をやっている彼がそう言うのなら、そうなのだろう。だが、このままなにもつかめていないような気持ちで、舞台に立って大丈夫なのだろうか。

「でもね。不思議なことに、お客さんが入ると、少しだけわかるんだ。お客さんがドキドキして、息を呑んで、目を見張って、こちらを見ている。だから、そのお客さんの感情を頼りに、ぼくたちもそこになにかが存在することを信じることができる」

「逆じゃなくて？」

「もちろん、ぼくたちが演技することで、お客さんがなにかを受け取ってくれる部分もあるだろう。でも、観客の入ってない劇場と、入っている劇場では、ぼくらが受け取るものも全然違うんだ。だから、心配しなくていい」

胡桃沢にそう言われると、なんだかそんな気持ちになるのが不思議だった。

初日の前日、本番となにもかも同じに通す、ゲネプロという稽古がはじまる。

ゲネプロはマスコミの取材が入ったり、映像を記録として残したりもする。完全にマスクを外して稽古をするのも、今日がはじめてだ。

俳優、スタッフ全員のＰＣＲ検査が陰性だという結果が出たのも今朝になってからだった。もうコロナ禍になって三年近く経つが、結果を聞くまではいつもドキドキする。

誰かひとり、陽性者がでるだけで、すべてが仕切り直しになる。以前のようにすべて公演中止になるようなことは減ったが、やはり数日間は幕を上げられない。

ぼくが、キャストとスタッフ以外の前で、青イタチとして存在するのも、この日が最初になる。

六百人以上が入る大きな劇場なのに、東京公演のチケットは完売だと聞いた。アンサンブルとして、もっと大きな劇場に立ったことはあるが、メインキャストとしてこの規模の劇場に立つのは生まれてはじめてだ。初日は配信もあると聞いている。

はじめてのことだらけで、緊張はするが、ここまできたらもう気にしても仕方がない。やるだけのことはやったから、失敗したってそれまでだ。

メイク室で、メイクをしてもらいながら、胡桃沢がぼくに言った。

「明日、ちょっとだけ世界が変わるよ」

「えっ、マジですか？」

「ちょっとだけ、ほんのちょっとだけね。初日が大成功しても、客観的にそんなには変わらない。世間の99・99パーセントはぼくらのことなんて知らない。日常は変わらず続いていく。でも、ちょっとだけ変わるんだ」

花川が笑う。

「そうそう、ちょっとだけ変わって、でも、その先が当たり前になる。それが続いていく」

いいのか悪いのかわからない。だが、舞台に立つアドレナリンに取り憑かれたぼくたちは、そのちょっとだけの変化を求め続けずにはいられないのだろう。

那珂都が言ったことを思い出す。

それが、ここにいるぞと叫ぶということなのかもしれない。叫んだって、多くの人には聞こえないし、聞こえても聞き流されてしまう。でも、誰かには届く。そう信じられれば世界は変わるのだろう。

本番がはじまる。興奮もあるが、不安もある。作品のファンは、たぶん阿里山暦の青イタチを楽しみにしている。

そう知っているからこそ、開き直れる。

客入れがはじまり、楽屋に緊張感が走る。林も、この二日間はやけに優しい。古いだけではなく、若い役者たちをまとめて引っ張っていく演出家なのだと実感する。

はじまる前、出演俳優全員で輪になり、手を重ねた。

「じゃあ、初日の活入れは、今回、初参加の青イタチの琴くん」

胡桃沢にそう言われて、ぼくは驚く。座長がやるものだと思っていた。

だが、譲り合っている時間はない。ぼくは客席に聞こえない程度の声を上げた。

「大江戸ノワール！　八百八町百花繚乱、初日！」

「締まっていくぜ！」

青イタチは特に一幕目の出番が多い。気合いが入る。

オープニングの音楽が始まり、みんなが持ち場に移動していく。

呼吸を整えて、舞台に飛び出していく。スポットライトが当たる。

「義賊、青イタチ！　ここに見参！」

ゲームでの決め台詞を声に出す。もう何度も稽古場で叫び、繰り返した台詞だった。家でも声優の演技を何十回、何百回と聞いて、再現しようとした。

背筋がぞくっとした。見られている。みんなぼくを見ている。

俳優だから、舞台の上で見られることには慣れているはずだった。だが、オペラグラスが客席できらきらしているのがわかる。ぼくに向けられている。

アドレナリンが身体中をめぐるのがわかる。

オリジナリティーなんか必要とされなくてもいいし、誰かの代わりだってかまわない。

ぼくはここにいる。ここにいるのだ。

あとは、無我夢中だった。

胡桃沢の言ったとおり、客席が興奮し、心を動かされているのが、舞台に立っていてわかる。それを灯火のようになにかの頼りにしながら、ぼくは台詞を言い、立ち回りをし、演技をする。

ゲネプロの時とはまったく違う。

プロジェクションマッピングのことも、まったく気にならなかった。ぼくが動けばそれがリアルになる。ぼくが恐れ、おののき、それでも立ち上がれば敵の姿はそこに存在する。それが舞台だ。

俳優全員が、異様なテンションに呑み込まれたまま、第一幕が終わった。

休憩時間にトイレに行き、水分補給をし、汗で崩れたメイクを直してもらう。

幸い、第二幕がはじまって十五分くらいは、青イタチの出番はない。少しだけ息がつける。

楽屋の椅子に座って、団扇(うちわ)で汗を乾かしていると、林が顔を覗かせた。

「琴平、SNS見た?」

「そんな余裕ないっすよ」

「時間あったら見てみろって」

ようやくスマートフォンを手に取る。ツイッターのトレンドに青イタチが入っていて、目を見開く。

「青イタチ、すごい。本物だった。生きてた！」

「阿里山くんの青イタチが好きだったけど、新青イタチもいい！」

「青イタチ推しの人、マジで生で見た方がいい。まだ地方公演はチケットあるから」

そう。たぶん、このトレンドも一瞬で、ほとんどの人はぼくのことなど知らないままだ。

このファンの人たちが感動して、喜んでくれているのは、キャラクターへの愛があるからで、ぼくがものすごい演技をやりとげたわけではない。それなりのキャリアがあるから、そんなことくらいはわかる。

だが、たしかに世界は少し変わった気がした。胡桃沢の言った通りだ。

これ以上見たら、泣いてしまいそうで、ぼくはスマートフォンを置いた。

第二幕の開演アナウンスが少し遠くで聞こえる。

宝石さがし

笹原千波

笹原千波（ささはら・ちなみ）

1994年生まれ。2020年、「翼は空を忘れない」（日吉真波名義）で第204回Cobalt短編小説新人賞受賞。2022年、「風になるにはまだ」（『Genesis この光が落ちないように』所収）で第13回創元SF短編賞を受賞。他の作品に「手のなかに花なんて」（〈紙魚の手帖〉vol. 12所収）がある。

伸びやかなワルツが、玄関前に立ったときから聞こえていた。飾り気のないピアノの音色だ。レッスンの時間は避けたはずなのに、だれか踊っているのだろうか。

英字のみの目立たない看板をしばし睨んで、なかに入ってしまうことにした。九月はじめの日本は暑すぎる。昼下がりであればなおさらだった。表から勝手に入るように言ったのはゆりなのだ。生徒がいないときならいつでも、なんておおざっぱな指定をするほうが悪い。

小学校の同級生だったゆりが実家の土地にバレエ教室をひらいて二十年近く経つ。今では何十人もの生徒たちが出入りする扉が、軋みもせずに私を迎えた。とたんにワルツの音が近くなる。

狭い玄関ホールには靴箱と、鍵のかかるキャビネットを組み込んだ簡易な受付カウンターが備えつけられている。スタジオとのあいだに扉はない。五歩も進めばリノリウム敷きのフロアに踏み込むことになる。そこは一階の床面積のほとんどを費やした、奥行のある空間だった。梁を隠さず高さを出した天井に蛍光灯がならぶ。壁の一面を鏡が占め、反対側の面には練習のときに手をそえるバーが設置されている。バーより上は磨り硝子の窓になっており、やわくひろがる陽光を鏡が反射して、室内はすみずみまで明るかった。

私がいるのと対角にあたる位置から、手足のすんなりと長いダンサーが弾むようなステップでこちらに向かってくる。いずれも黒の、七分丈レギンスと透けるスカート、キャミソールのレオタード。遠目には素足と見紛う薄い布地のバレエシューズ。それ以上のなにを認識する間も与えず、彼女は大きく跳躍した。瞬時に空中で展開される前後開脚。円をえがくように頭上にかかげられた両腕。

いつ足をついたのだろう。彼女は勢いのまま少し走り、緊張を解き、そして間近に立ちつくす私を見た。つかのま不審そうに首をかしげたのち、唐突に私の正体に気づいたらしい。眉が上がった。唇がうっすらひらいている。母親ゆずりの気の強そうな目鼻立ちも、ぽかんとした表情のせいであどけなく見えた。

「美玖ちゃんだよね。ひさしぶり。憶えてるかな、入江恵です。あなたのママの友達」

「忘れるわけ、ないです」

ひかえめながらもきっぱりと彼女は答える。嬉しくて、はにかむ様子がかわいくて、抱きしめたくなってしまった。

前回会ったのはたしか彼女が高校に入ったばかりのころで、十年も経っている。あのときは、ゆりと夢中で話しているうちに美玖が帰ってくる時間になってしまっていたのだった。

よそで遅くまでレッスンをしてきて疲れているだろうに、彼女はエネルギッシュでよく笑った。美玖は私の暮らす国のことや仕事のことをひとしきり訊くと、出場するコンクールの話をしてくれた。演目は〈ドン・キホーテ〉の夢の場から森の女王。先生に提案された淡いグリーンのクラシックチュチュが、レンタルだけどけっこうかわいいのだと言っていた。お喋りの声が大きくなりすぎて夕食を作るゆりに白い目で見られ、本気なのか皮肉なのかわからない「あなたも一緒に食べる?」を断って退散した記憶がある。私からしても懐かしいのだ。若い彼女にはもっと昔のことに感じられるに違いない。

「会わないうちに大人になったねぇ。留学して以降はあんまり頻繁に帰ってきてないんでしょ?」

「帰国しないのに慣れてしまって。帰ってきづらい時期も長かった……ですし」

ふさわしい口調を探っているのか、照れが強いのか、言葉はぎこちなく、ゆっくりと組みたてられる。

留学の最後の年がパンデミックにぶつかるという不運にも負けず、美玖は東欧のバレエ団でダンサーになった。二十歳(はたち)前に入団して今年で二十六歳。さぞや上達したのだろうと思っていたけれど、実際に目にすると驚くばかりの技量だ。踊っているところを見たのは、ほんの子どものうちだけだったから。

「すごい偶然よね。私が来るときに美玖ちゃんもいるなんて」

「ほんとです。でも、どうして日本に？」

「私は珍しくもないよ。ママに訊いてごらん。しょっちゅう家出してくるって言うから」

「えっと、なんか大変なんですか？」

心配そうに問われると時間の隔たりを感じた。共有する前提が少ないまま、ゆりと同じ調子で軽口を叩いたらいけない。

「大丈夫、ただの息抜きだから」

結婚して十五年あまり。今後も長く彼と暮らしていくことに疑いはない。恋人のような夫婦をうらやんだこともあるけれど、私にはこの関係性が合っていたのだと思う。

ならよかったです、と美玖が表情をゆるめた。「母に会いに来たんですよね。私、呼んできます」

そう言うや、フロアの片隅に走る。美玖は壁に取り付けられたバーの下に私物を置いていた。タオルや水筒、上に着ていたらしい衣類を拾うしぐさも様になる。ファッションモデルの美とは異なる、バレエの様式が根底にある手足の運び。彼女は携帯端末で音源を止め、奥の扉から滑り出た。音楽もダンサーも消えるとスタジオは寂しくなる。

「片付けるから待って、って」

戻ってきた美玖はレオタードの上にワインレッドのTシャツを着ていた。前面のプリントは、夫の国のカメラマンによる森の写真だ。

「あら、それって」

美玖がその裾をつまむ。「恵、ちゃんの」

かぼそい声だったけれど、昔の呼びかたを選んでくれた。おまけに、私のデザインした服を着てくれているなんて。

「ありがとね。私の仕事を憶えててくれるだけでも嬉しいのに」

「好きなんです。知ってる人のブランドだからってだけじゃなくて」

「ブランドは義母のものだけどね。デザインだって彼女のディレクションが欠かせない。こだわりのある人なの。手を離すには、私じゃまだまだ実力不足ってことでしょう」

良いものを長く使う人の多い国だから、ハイブランドでなくとも素材やデザインに妥協はできない。常に時流を読み、綱渡りめいたバランス感覚でもって価値を示し続ける。任せきりにされるのは、私としても荷が重い。

「私は、恵ちゃんの服らしいなって思ってたけど」

独り言のようなその呟きから美玖の口調がくだけたものに変わった。オーディオ機器の近くに積まれていた丸椅子をひとつ持ってきて私にすすめ、彼女は床で柔軟を始める。横に脚をひらいて上体を前に倒すと、ぺったりと平らになる。力の抜けた深い呼吸。居眠りできそうな余裕だ。

「恵ちゃんは私が子どものころからデザインをやってるんでしょ。嫌になったこと、ない？」

「大嫌いって言いたくなるときはあるかな」

「でも、やめないんだね」

「やめられないの。好き嫌い以前に、欠かせないものになってしまってるから。美玖ちゃんも似たようなこと、あるんじゃない」

「今がそうかも。いっそバレエを嫌いになれたら、すっきりやめられるのかな」

嘆息(たんそく)し、美玖は床を転がって天井を向く。

「帰国してるってことは、お休み中なんでしょ。存分に悩んだら。大事な決断はじっくり考えてしたほうがいいもの」

まあね、と美玖は物憂(ものう)く笑った。

「私で相談に乗れるなら、聞くけど」

「なんか、まだ整理できてなくて」

「今じゃなくてもいいよ。いつでも連絡して」

連絡先のQRコードを携帯端末に表示して差し出すと、美玖は素直に応じた。私の情報が入った自分の端末を胸の前で握る。

「お守りみたい」

「そんなご大層な人間じゃないから、あまり期待はしないで」

「やだな。私、ほとんど会わなくなってからも恵ちゃんにあこがれてたんだよ。日本にいたころから私には特別だったもん。かわいいワンピースとか作ってくれて。あと、なんといっても発表会の衣裳」

小学校低学年の美玖を思い出す。新築のにおいが残るスタジオで、私の手から奪った長いチュールを泳がせて踊っていた。私がゆりの主催する初めての発表会の衣裳をつくった日々は、時を経ても記憶のなかできらめいている。

教室ができたのは美玖が七歳になった年だ。ゆりと私は三十歳。私は三か月契約の派遣でアパレル販売員をしながら、家に帰って服をつくることだけが愉しみだった。

現実逃避の力はすさまじいもので、下着やニット以外の私服をほとんど自作して、ゆりと美玖へ季節ごとにブラウスやワンピースを贈っても余る量ができた。ハンドメイド通販サイトもなかった当時、平日休みの仕事では土日祝日に開催されるフリーマーケットなどには参加できず、個人サイトを立ち上げて細々と売った。在庫で押しつぶされない程度に買ってもらえたのは、ゆりが商品写真のモデルを引き受けてくれたおかげもあるだろう。だから私もお返しに、教室を立ち上げたゆりのために材料費のみで全員の衣裳を縫ったのだ。生徒は未就学児が八人、小学生が五人、大人が三人の小さな催しだった。

のちに夫が指摘したとおり、私のパターンや縫製の能力は突出したものではなかったし、装飾に凝るのは金銭的にも時間的にも難しかった。だけどその慎ましやかなチュチュやジョーゼットのドレスを、ゆりは想像以上に活用してくれた。美玖が着た、おもちゃの兵隊さんの赤いクラシックチュチュは、スタジオでのクリスマス会に幾度となく登場したそうだ。

「恵。お待たせ」さきほど美玖が使った、二階の居住部へつながる扉からゆりが現れた。ダンサーとしてはとっくに引退していて、教室の発表会も踊らない役でしか出ないそうだが、今なお立ち姿には華がある。彼女の外見はいつまでも若く、年相応の私との差はひらくいっぽうだった。

「もしかして、美玖ちゃんをあてにして勝手に入れって言ったの？」

「いや、ここで雑事を片付けながら待つつもりだったんだけど、美玖が使うっていうから」

そうだ、とゆりは先生の顔になって娘に向きなおる。「金曜日の選抜クラス、見学のかたがいらっしゃることになったからよろしくね。藤田(ふじた)先生には伝えておくけれど」

「美玖ちゃん、教室のお手伝いもしてるの？」

ゆりと美玖、どちらにともなく問うと、ゆりがいつものぶっきらぼうさで答えた。

「言っとくけど、ただ働きではないからね。暇(ひま)らしいからバイトしてもらってるの」

「ママ！」予想外に切実な声音で美玖がさえぎった。身体を硬くして、ゆりに刺々(とげとげ)しい視線を投げている。

「勝手に私のことしゃべらないで」

「この程度もだめなの？」

声に呆れがまじっている。美玖が握っていたこぶしをほどく。その手は悲しげにこめかみに向かい、彼女は目を伏せながら首をふる。

「自分で説明させてほしい。時間、もらってもいい？」

「わかった。しばらく外してる。恵は話が終わったら上がってきて」

ふたりに戻ったスタジオで、美玖が重そうに口をひらく。「あまりいい意味の休暇じゃないんだ。もしかしたら、バレエ団（カンパニー）をやめるかもしれない」

「さっき言ってた、整理できてない事情？」

「ちゃんと考えてから言おうと思ったんだけど、先にママから説明されるのは、嫌で」

苦笑すると、美玖もつられて頬をゆるめる。

「きっかけは若手のためのコンサート企画だったの。ソリスト未満のダンサーが、ふだん踊れないソロの踊り（ヴァリエーション）や男女のペア（パ・ド・ドゥ）の踊りをやるっていう。そこで私は振付をさせてもらうことになってた」

「踊るんじゃなくて、創作するの？」

「うちのコンテンポラリーのクラスだと、自分たちで即興の振付をすることなんかはわりとあってね。苦手って言う人も多いけど私は好き。内輪のイベントで友達と踊る振付を考えたこともあるんだよ。それでバレエマスターが、舞台でやってみないかって提案してくれて」

美玖はいったん言葉を切った。わずかに視線を下げ、暗さを払うように声を張る。

「曲は相談して良いのを用意できた。練習も始まってた。だけど急にプログラムを変えることになって無くなったんだ。理事の娘が別の国で踊ってたのをやめて戻ってきたから、彼女を目玉にするって」

「それは、納得できそうにないな」

「理不尽だとは思ったよ。作品に出てくれるはずだった人たちも抗議してくれた。上司も気をつかって休暇を取らせてくれた。でも、私を外して彼女を出す判断をした人たちが間違ってるとは言いきれない。ダンサーとして彼女は私よりずっと上だし、地元の出身だから、応援するお客さんも多い」

どうしたらいいんだろうね、と美玖は苦しげに言った。「シーズン初めの公演も休むことになってて。こんなに舞台に出ないのも、カンパニーから離れるのも今までなかった。やめるつもりだと思われてるかも。そのほうがいいのかなって考えたりもする」

「でも、あなたにだって認めてくれる人がいるんでしょ」

「自信を持ちなさいって?」自嘲をはらんだ響きが痛々しかった。

「若手と呼ばれているうちから自分に期待することをやめる必要はないはずだよ」

「男性ならともかく、ダンサーとして若手というには微妙な歳だよ。このあいだ一個下の子がプリンシパルになったのに、私はめったにソロも踊れない。限界は見えてる」

目指すものになれるのはひと握りの人間だけだ。プロでいるために、多くの人が劣等感にさいなまれながら、思い描いていたのとは違う生き残りかたを探っている。岐路というより壁というべき状況を前にして、登れないか、迂回できないか試みつづける。壁の先に道があるのかもわからないまま。

「振付をさせてもらえることになって、これなら、って思った。けど、作品を振り付けるっていうのは私ひとりが頑張ればなんとかなるものじゃないんだ。踊ってくれる人とか、練習場所とか、参加させてくれる公演とか、簡単には手に入らないものが必要になる。ダンサーとして大した活躍もしてない外国人が欲しがるのは無理があるものが、たくさん」

「国のことを言われるの」

差別が過去のものとは思わない。けれど、努力でも実力でも覆せないものに美玖が苦しんでいると想像したくはなかった。

「もちろんはっきり言われたわけじゃないよ。表向きは生まれは関係ないってことになってるし、実際、関係なく舞台には立たせてもらってた。身近な人たちは良くしてくれてた。そうはいっても割を食ってるって思う人がいるのも事実っていうか、わからないではないというか。立場が逆だったら、私もそういう気持ちになったかも」

「達観してるね」

美玖の頬に朱がさした。

「口で言うほど割り切れてないよ。だけど私はあのカンパニーが好き。踊るってどういうことか、初めて実感できた場所なんだ」

私の知らない美玖の居場所。バレエという仕事。相談相手として私はあまり役に立ちそうにないが、美玖は吹っ切れた様子で「聞いてもらえてよかった」と言ってくれた。「結局私にできるのは、なにもなかったみたいに戻ることだけなんだし」

「まずはゆっくり休んで、また踊りに打ち込めるようになればいいね」

恵ちゃんは優しいな、と美玖は肩をすくめる。「ママは私を暇にしないように必死だよ。もう同じスタジオで過ごすこともないと思ってたのに、一緒に小さい子のレッスンやってるし、それだけじゃ身体なまるからって出演予定まで取りつけてきて」

「日本で踊るの?」

「十二月はじめのガラ・コンサート。ちょうどそのあたりまでこっちにいるから」

「おあつらえ向きってわけね」

「駆け出しのダンサーを支援するイベントなんだって。主催がママの知りあいらしい」

抑えた声に苛立ち(いらだ)がまじってくる。

「持ち時間は五分以内、謝礼あり。何踊ってもいいって言ってくださったから、だって。ちょっとずるくない？　振付のリベンジさせる気で勝手に話つけてきたのはわかってる。それならはっきり言えばいいのに」

「なるほどね。期待しているふうなんだ」

「期待っていうより、圧力。ほかの出演者は二十歳とかなんだよ。そこで私が古典のレパートリー踊ってもしょうがないじゃない」力いっぱい言い切るのが若いころのゆりを彷彿とさせる。やはり母娘ということか。

「あまり気負いすぎないで、あなたらしくね。ゆりもそう望んでると思うよ」

「どうだかなぁ。いきなりアシスタントのバイトさせといて『あとを継ごうとは考えないで』なんて言う人だよ？　ほかの先生には『こき使ってやって』とか言ってるせいで、私は無駄にかわいそがられるし」

「美玖ちゃんも知ってるだろうけど、不器用すぎるのよ。残念ながら」

　教室のレッスンがないときはスタジオで練習しているというので、日本にいるうちにまた見学にくると約束した。会えると知っていたらお土産でも買ってきたのに。帰国がよほど急だったのか、ゆりがわざと伏せたのか。

　美玖と別れて二階に上がる。がらんとしたスタジオから移動すると狭く感じる、居心地のよい住空間。ゆりの夫は単身赴任で各地を転々としていて、一人娘の美玖も最近まで不在だったから、そこは彼女の城も同然だった。ゆりはなんとなく落ち着かない様子で、終始美玖の話題を避けていた。とはいえ話題はほかにいくらでもある。母国語で気兼ねなく長話をできるだけでも私にはありがたいのだ。

◇

遅く起きると、高級ではないホテルの朝食会場は祭りのあとと化している。ひからびたベーコンや残りわずかになったスクランブルエッグを加熱しつづける保温プレートを通りすぎ、パンくずの散らかった籐(とう)かごを眺めながらコーヒーを注(そそ)いだ。比較的まともなブルーベリーのペストリーで軽い食事とする。

親はすでに亡く、顔を合わせたい親類もいない。私が日本に戻るのはゆりがいるからだ。

私たちの共通点は、小さいころからなりたいものが決まっていたことだった。親しくなった理由と言ってもいい。ゆりはバレリーナ、私はお洋服をつくる人。基本的に愛想のない子どもだったゆりが熱心に私のスケッチブックを覗きこんでくるのが誇らしかった。彼女が優雅な身振りをつけてバレエの話をするのが好きだった。説明が不親切すぎて内容はちっとも理解できなかったけれど。

ゆりだけが、私が日本を離れてからも臆(おく)せず連絡をくれた。もともと少なかったほかの友人たちとは、いずれ会おうねという社交辞令もしだいに間遠になって、いつしか縁が切れていた。彼女が存在しなかったら、私はどうやって夫や義母や仕事から離れて息継ぎをしたのだろう。考えながら苦笑いする。もしも、というならば、夢を失ったままその日限りを生きるしかない自分を想像するべきだ。私は運がよかった。いちどはあきらめたデザイナーになれた。海外で働き、伴侶（はんりょ）がありながら、こうしてたびたび帰国することもできる。

　スタジオを訪れると、美玖はジョガーパンツにオリーブグリーンのラフなTシャツ、靴下という出で立ちでオーディオのそばの床に転がっていた。ＣＤケースを積み重ねた塔が三つ。現代音楽といわれるものだろうか、不穏で単調な曲が流れている。訊くと、作品に使う音楽を探しているらしい。

「いいものはあった？」

「全然ぴんとこない」大の字になった美玖が、足を頭上に向かって振りあげる。膝もつま先も伸びた後転から、ゆるりとした立ち姿になるまでのなめらかさ。シンプルながら異様にも感じる動作に鳥肌がたつ。

「すごい動き。そういう踊りをするの？」

「コンテンポラリーでいくなら、床を使った動きは入れるんじゃないかな」

「今の時代（コンテンポラリー）のバレエ、か。踊る人にとってはクラシックと地続きなのかな。なんていうか、素人（しろうと）から見るとぜんぜん別のものみたいで」

「ポジションとか決められた動きにとらわれないって意味ではそうかも。違う種類の踊りではあるし」

　美玖はしばらく首をひねって考えこみ、先生の受け売りだけど、と言った。

「クラシックで鍛えた身体は幅広い表現を可能にする。染みついた基礎は、どんなに型を外れても消えずにある。バレエダンサーが踊るコンテが、バレエと切りはなせないものなのは確かだと思う」

「型を知ってるダンサーだから、自由に踊っても美しくなるということ？」

「美しさイコール価値、ではないけど。自由っていうのも、どうなんだろう。実力のある人ほど、自分のなかに決まりを持ってるようにみえるんだよね」

渋い顔で息をつくと、私には自由を活かせるほどの力がないんだろうな、と呟く。

「とっかかりをもらえることに慣れちゃってたみたい。レッスンだったら曲やテーマは決めてもらえる。ほかのダンサーに振り付けようとしてたときは、その人の身体とか踊りとかに引っぱられてイメージが湧いたし、わりとふだんから、考えなくても踊りの特徴とか長所とかを感じてた。でもここには私しかいない」

そうはいっても、美玖ちゃんにも得手不得手の自覚くらいあるのではなかろうか。踊りの好みだってあるはずだ。「美玖ちゃんは、自分ではどんなダンサーだと思ってるの？」

「自分のことってなると難しいみたい」

美玖は奇妙な優雅さで床へと崩れ落ちた。ややあって身を起こし、膝を抱える。

「恵ちゃんがデザイナーになったときの話を聞きたいな」

「なぁに、いきなり。ゆりから聞いてるんじゃないの」

「気分変えたくて。それに、恵ちゃんの言葉で聞かせてほしかったから」

しょんぼりされると申し訳なくなる。意識しすぎるのは私の問題なのだ。キャリアのはじまりを語るには、一般的とはいえない私たち夫婦のなれそめに触れざるをえない。相手によっては変に詮索(せんさく)されることもあったから、いまだに身構えてしまう。

私は美玖のかたわらに片膝を立てて座った。平常心で話せるように、最初から順番に、洋服と私をめぐる記憶をたどる。

「小さいころから服をつくる人になりたくて、進学先は服飾の専門学校を選んだの。コンテストにも出していた。結果は散々だったけれどね。突き抜けたものが私にはなくて、モードの世界に行くことは……最先端の服を生むことはできそうになかった」

やがて私は負けるのに慣れ、企業内のデザイナーに目標を移したけれど、アパレルメーカーの就職試験にもことごとく落ちた。卒業した私が就(つ)いたのは派遣で洋服を売る仕事だ。転職も叶わないいなかで手を動かしたくなって、趣味と割り切って服をつくりはじめた。「それが二十五、六のころだったかな」

「いまの私くらい」

「美玖ちゃんと違って、当時の私はデザイナーとして始まってすらいなかった。ただ、つくる以上はだれかに着てほしかったから、通販サイトを自作して、写真のモデルはゆりに頼んで、って、活動的ではあったかな。結果的に、記録としてそのサイトに載せてたデザイン画が夫の目にとまったの」

「恵ちゃんが衣裳つくってくれた発表会のあとだったよね。毎週のように会ってたのがなくなって寂しかったから、遠くに行くんだってママからきいたときは泣いたなぁ」

「急だったものね」ゆりに手を引かれて空港に見送りに来たときも、美玖は泣きべそをかいていた。話しかけてもそっぽを向くのに、いざ別れようとするとジャケットの裾を握ってなかなか離してくれなかった。「声をかけられたのは、発表会が終わって、普通の服をつくるのがあらためて楽しかったころだった」

舞台に携（たずさ）わった経験は私の服づくりに非日常の香りをいくらか分けてくれた。夫がコンタクトをとるきっかけになったというデザイン画も、発表会の後に描いたものだ。

「彼は母親のブランドを継いでくれるデザイナーを探していたの。彼女の希望が、まったく異なる文化の人間を入れることだったから、遠い国の私を探しだして選んでくれたのだと思う。本当に、運がよかった」

「それは、恵ちゃんがつくり続けてたからでしょ」簡単なことじゃないよ、と美玖が身を乗り出して過去の私をみとめてくれる。でも私は、逃げたところを拾われただけだ。「仕事にするのをあきらめてたから好きでいられたんだよ。多くを望めば、それだけ苦しいから」

義母のもとでデザイナー修業をはじめたころ、いままで私は本気になったことなどなかったのではないかと何度も思った。言葉と文化の壁。ほかの従業員たちからの猜疑心（さいぎしん）。思い返せば誠実だった夫のプロポーズにさえ、裏があるのではないかと疑いを持つ始末だった。やっとのことで周囲から認められるにいたって気づいたのは、かつての自分の生ぬるさだ。経験も努力もまるで足りなかった。チャンスをもらって、がむしゃらになれたから、今の仕事と暮らしを得られたのだ。

「私、多くを望みすぎてるのかな」

美玖の声はすぐに、がらんとしたスタジオの空気にとけていった。彼女がこぼした弱さを掬（すく）いたくて問う。「苦しいの？」

「認めたくはないけど」

「作品のこと、ゆりには相談してる？」

「まさか。レッスンはつけてもらってるけど、ほんとに基礎だけ。注意するのも、遠慮しながらって感じだし」

「あなたの好きにやりなさい、ってことね」

ゆりには、娘のバレエに関わるのを恐れて遠ざけようとするところがあった。ゆりの生徒にもプロを目指す子、留学してダンサーになった子はいるというのに。

「そういえば、衣裳はどうするつもりなの？　オーダーするなら早いほうがいいでしょう」

「まずは踊りが決まらないと。市販のレオタードから探すかな、って考えてるくらい」

「表現したいものに合ってるならいいと思うけれど。もし、あてがないのなら、私にも紹介できる知人がひとりいるよ」

選択肢を増やせればと思ったのだが、美玖の反応は芳しくなかった。

「できれば出演料の範囲でどうにかしたいから、オーダーメイドは難しそうで」

衝撃とともに苦いものが喉の奥に広がる。いったいどこまで本人任せにしているのだろう。公演の出演枠を取ってくるくらいだ、成功してほしいはずだし、お金だって、必要なら支援するつもりでいるのではないか。「ゆりは何やってるの。話だけ持ってきてほったらかしじゃ、チャンスどころか逆効果じゃない」

「自分でやりくりするのも、経験だし」

「ゆりがそう言ったの？」美玖は黙って首をふる。「じゃあ交渉の余地はあるわけね」

美玖を残して小走りに居住部へ向かう。ゆりはダイニングテーブルに置いたノートパソコンから顔を上げて私を迎えた。

「美玖ちゃんのコンサートの話、ゆりが持ってきたんだってね。なんで最後まで面倒見てあげないの」

ゆりは唇を一瞬きつく結び、目をそらして答える。「作品に口出しする気はないの。必要があれば手を貸すとは言ってあるから」

「衣裳にお金をかけられないと思い込んでた」

「恵には話すのね。昔から、あなたたちって波長が合うというか」

こういうひねくれた言いかたは嫌いだった。腹が立つならそう伝えればいいのだ。すくなくとも私は、ゆりの本音がほしい。

「質問したから話してくれたんだよ。そんな言いかたをするならもっと関わりなよ」

「いまさら？　あの子はすっかり大人になった。私がうまく関われないでいるうちに」

ゆりが美玖に教えていた時期は短かった。教室ができた七歳から、十二歳まで。しかも週に一回は以前の教室に通わせていた。

ゆりは美玖に対して、ほかの子たちより数段厳しく指導した。練習を見学したとき、美玖が母親を前にした幼い子とは思えないほど必死な様子だったのが忘れられない。それでも、ゆりが雇われ講師時代に発表会で踊った黒鳥(オディール)を観てバレエを始めた美玖にとって、母から教えを受けるのは待ち望んだことだったのだろう。レッスンが終わればとびきりの笑顔を見せてくれた。

その後の詳細はわからないが、母娘関係がしだいに息苦しいものになっていったのは察しがついた。中学に入ったら教室を移るように、とゆりが美玖に告げたのは、私が日本に帰っているときだった。慰(なぐさ)め役を期待されたのかもしれない。美玖は私に涙を見せなかった。腫(は)れぼったいまぶたをして、バレエをほんとうに踊りたいなら離れなきゃいけないんだって、と話すのを、私は聞いていることしかできなかった。

美玖の憧れは母から世界で活躍するダンサーに移り、ゆりは私にも美玖の踊りがどうだったとは言わなくなった。定期テストの心配や母娘で行った買物の話はしていたけれど、ダンサーとしての美玖については、留学したときとバレエ団に入ったときに、行き先の都市を教えてくれたくらいだ。

「だったらどうして依頼を持ってきたの。教室のレッスンだって一緒にやってるんでしょ」

「機会を用意するのは私にもできるよ。中高生クラスのアシスタントは外部の先生の日に限定したし、小学校低学年までのクラスなら、そう変な影響を受けることもないでしょう。怖いのは自分が関わってあの子を損なってしまうこと。美玖の踊り、私が教えなくなってすごく良くなったから」

「美玖ちゃんがそんなにやわだと思うの？」

「思ってない、けど」言いよどみ、困ったように私を見た。美玖のバレエにまつわることだけが、こうも彼女を弱くする。

「ひとつ教えて。衣裳の予算、いくらまでならいける？」

「恵が作ろうっていうの？」

「んなわけないでしょ。プロに頼むの。デザイナーになってからはろくに服も縫ってないのに。美玖ちゃんの振付家としての最初の作品に、中途半端なことができますか」

ゆりは肘をつき、こめかみを緩慢(かんまん)に揉(も)んだ。噛んだ唇の隙間からうめきが漏れる。

「二十……いえ、三十万。ただしその作品を、自分のレパートリーとして長く踊る覚悟を持ってほしい」揺れていた声に細く芯（しん）がとおるのを感じた。美玖に覚悟を求めるための覚悟、というものかもしれない。

伝えてくる、と背を向けかけたとき、疲れた顔で呼び止められた。子どもを持つ感覚は私にはわからない。共感も理解もできない苦しみを前にするとき、あぁ、私たちは生きる世界を異（こと）にしていたのだと思う。

「美玖を助けてあげてほしい」

「私はゆりの代わりなんてしないよ。本当に私、ふがいなくて」

「わかってる」

「わかってないよ。そうやって私に任せることで自分の気持ちを軽くしてるんでしょ」

「ごめん」

「……こっちこそ。他人だから好き勝手言えてしまうのは自覚してる。ごめん」

ゆりが重い吐息に感謝の言葉をまじえた。私はなるべく真剣に見えるようにうなずいて、部屋を出る。

スタジオに降りると、美玖はくるくると回転を繰り返していた。右脚で、左脚で、腕をひろげて、みずからの肩を抱いて、うつむいて、胸をそらし天を仰いで。

「目、回らないの」

ちょっと回ったかも、と言いながらも、美玖はまっすぐ立って私に視線をあわせた。

「衣裳のお金、三十万までゆりが出すって」

「うそ。ママはいったいどんなの作らせるつもりでそんなこと」驚くというよりは怒っているように呟く。

「条件があってね。作品を、レパートリーとして長く踊る覚悟を持つこと、だって」

「ほんっと、無茶ばっかり言う」

「本気でやるなら大丈夫だよ。無駄遣いなんてしないでしょ？　納得いくものにしてね」

「恵ちゃんがここまでしてくれたんだもん、頑張るよ」美玖が目をほそめて笑った。うつろう表情の清新さに、若いな、と思う。

「なんにも。大したことはできなくて、もどかしいくらい」

そのとき、ふ、と美玖のたたずまいが研ぎ澄まされたものになった。ポーズをとったわけではない。ただ両足で立っているのは同じだ。なのに変化は明白で、これから彼女が発するのが重要で誠意ある言葉なのだとわかる。

「じゃあいっこ、お願い、してもいいかな。私の衣裳、恵ちゃんにつくってほしい」

「え？」大きい声が出る。美玖はなにを求めているのだろう。遠い昔の記憶で、私の技量を見誤っているのではないか。

「お遊びじゃないんだから、それはだめ。私はバレエについては素人なんだし」

「デザインするのもだめ？　実際につくるのは、さっき言ってた友達とかに頼んで」

「仕事で受けるなら、私は経費を持ち出しにする気はないの。途中何度かは日本に来るでしょ。渡航費だけで三十万なんてすぐだし、ゆりもいい顔はしないよ。私もおすすめできない。費用と効果のバランスが悪すぎる」

「だったら、恵ちゃんへのお金は自分の貯金から払う。デザイン料も渡航費も。縫ってくれる人への代金をママに出してもらえばいい」

「そうまでして私にこだわるのは、なぜ？」

　会話が止まる。生じた空白に断りの言葉を重ねかけたとき、美玖が決然と口をひらいた。

「ぜんぶ賭けなきゃ、これから先ずっと踊れる作品はつくれないと思うから。いままでの私の、なにもかも。恵ちゃんは私がいちばん純粋にバレエが楽しかったときを知ってくれてる人だからお願いしたいんだ」

「あなたの過去を見つめる人が要るのだとしても、私じゃないでしょう」気圧されつつ言い返すと、美玖は勢いよく首を横にふった。

「ママのことなら違うよ。私たちは、うまく同じ場所でバレエができないんだ。近すぎて、苦しくなるばっかりで。いつか乗り越えなきゃならないことなのかもしれないけど、いまじゃない。私は作品を、親子関係を良くする手段にも、自分のなぐさめにもしないつもりだよ。作品そのもののために、恵ちゃんが必要だと思ってる」

　芯のある声。澄んだ表情。意を決したゆりにそっくりだ。子どもを望んだとき、ダンサーを引退したとき、教室をひらいたとき。いずれも、だれがなんと言おうと翻（ひるがえ）らなかった。

「自分の過去を顧（かえり）みてものをつくるのは、よほど注意しないと独りよがりになりがちだよ」

「だから助けて。私が楽なほうに流れないように、近くで見てて」

それは私情だろうと思ったが、芸術とはそもそも、個人的な感情を抜きにしては成立しないものかもしれない。

「なら、私がいるあいだに、おおまかなコンセプトと衣裳に求める方向性をまとめて。協力はするつもりだけど、具体的に何ができるかは、企画を見てから判断する」

笑顔を返されるという予想に反して、美玖は至極真面目な顔で、はい、と答えた。

◇

美玖からの呼び出しがあったのは三日後だった。午前のレッスンの最中なので裏のインターフォンを鳴らす。裏といっても、彼女たちの家の正式な玄関はこちらだ。美玖が降りてきて迎えてくれる。白いリネンのブラウスとジーンズが涼やかだった。一階にあるのは靴を脱ぐスペースと収納、スタジオへ続く扉、二階への階段。軽快なピアノ曲が聞こえる。

「今やってるレッスンはお手伝いしなくていいの？」

「大人のクラスはアシスタント不要だって」

ダイニングテーブルにワイヤレススピーカーが用意されていた。美玖が冷たいミントティーを持ってきて、私たちは席につく。

「まず、音楽を聴いてもらいたいんです」

美玖が携帯端末で再生画面を表示する。

〈Fanny Mendelssohn: Melodie Op. 4 No. 2〉

スピーカーがピアノの音を鳴らした。流れるような、すこし物悲しい旋律だった。明るく軽やかになったかと思えば、また翳りをもってドラマチックに。

曲は短く、私はそっと置かれた最後の一音の余韻に取り残される。姿勢を正した美玖が、端末のふちを指でなぞった。

「ファニー・メンデルスゾーン。教科書にも載ってるくらい有名な、あのメンデルスゾーンのお姉さんで、女性が表に立つのが難しい時代じゃなかったら、もっと知られた作曲家になっていただろうっていう人だそうです」

再会したばかりのときとは別種のぎこちなさで説明される。作曲家の背景を含め、詳しくない私でも魅力的に感じる選択だった。

「このあいだ流していたのからずいぶん雰囲気が変わったじゃない」

「きれいな感じでしょ。クラシックの女性ヴァリエーションでよくある二分弱の曲ですし、今回の舞台にちょうどいいかなと。振付は、コンテンポラリーじゃなくて、クラシックにしようと思ってます」

「現代的なものではなくて、古典的な振りを自分でつくる、ということね」

「バレエ団の新制作の舞台みたいに、古典の枠組みのなかで新しい可能性を探すというか」

「古典のなかに表現したいことがあった？」

「私のいちばんのあこがれは、最初から、たぶん永遠に、クラシックなので」

美玖の言葉は透明な炎のようだ。憧れの発端となった母のもとを離れても、ダンサーとしての限界を考えるようになっても、踊りを希求してやまない。くすぶってばかりだった私と違い、想いを絶やさずにここまで来た。

「なら、『あこがれ』はテーマになりうるね」

「テーマだったら『私』のほうが近いかもしれないです。私ってどんな人間で、何ができて、何をしたいんだろうって考えてて」

「そういう漠然としたテーマを扱うのは、簡単じゃないよ」知らず、耳たぶに手をやっていた。すでに仕事のつもりになっているらしい。デザイナーの視点で彼女を支えたい。悔いなく、振付家としての足掛かりになる作品にしてほしい。

「『私』に対する問いを突き詰めるなら、ある程度アプローチを絞り込んでから始めたほうがいい気がする。身体なのか心なのか、はたまた環境のような外部との関係なのか。そしてその問いと答えが、作品として成立しうるか。なんとなくでも方向性は見えてる？」

そこはまだ……と美玖は叱られる生徒のように目を泳がせる。歯痒かった。そうじゃない。表現を売り物にしようというときに、学校の課題の気分でいてはいけない。

「私はあなたの先生にはなれないよ。教えたり諭したりするつもりはなくて、話しながら考えようってこと。それから、ですとかますとか要らないから、いつも通りでお願い」

「仕事だから、ちゃんとしたほうがいいのかなって思ってたんだけど」

「それは相手にもよるね。私は、美玖ちゃんが普通に喋ってくれたほうがやりやすい」

ゆるい笑みを交わす。これで調子が出そうだ。「ほかに考えていることはある？」

「えっと、衣裳で決めてることが一個。チュチュか、それに近いものにしてほしい。でもお姫様とか妖精とかの王道な感じじゃなくて。私がなりたいものと、そうなりきれない自分のあいだ、みたいな。こうやって考えてみると『あこがれ』っていうのは近いかもしれない。あこがれと、自分と、そのあいだの距離っていうか」

「あこがれとの距離か。美玖ちゃんがそれをどう踊りに落とし込むのか、すごく興味ある」

「よければ見てってよ。このあとスタジオ使えるから、曲流して動いてみるつもりなんだ」

今のうちに軽く食べておくからと、美玖が昼食をごちそうしてくれた。帰国してからは毎日、自分とゆりの食事を作っているらしい。角切りの野菜と鶏肉がふんだんに使われたスープと、手製だというもっちりした丸いパンは、ゆりや美玖の細く鍛え上げられた肉体にふさわしく感じた。

「健康的ね。手が込んでる」

「ありあまる時間のおかげ。公演があるときはもっとがっつり食べないと持たないし、買って済ませることも多かった」

深皿をスプーンでかき回しながら、カンパニーでの日常について話してくれる。めまぐるしく変わる配役、ともに舞台をつくる仲間であり役を争うライバルでもある同僚たち、華やかな本番を支える地道なトレーニング。「ぜんぶなくなって気楽っちゃ気楽だけど、焦るよね。なんでもないときに時差を計算して、クラスレッスンの時間だなとか、リハーサル始まったかなとか考えちゃって」

食後いったん席を外した美玖は、半袖のレオタードにオーバーオール型のウォームアップウェアを合わせて現れた。やがてゆりがレッスンを終えて上がってくる。黒いストレッチ素材のパンツに、襟ぐりのあいたカットソー。ふたりの首のラインはよく似ていた。母娘は言葉少なにすれちがい、私は美玖についてスタジオへ行く。スープとパンの香りは、階下にまでは届かない。薄くあけた窓からリノリウムの床に鋭利な白い光線が伸びていた。忍び込む熱気は冷房の風と混ざりきらずに、見えないレースカーテンのように頬を撫でる。

レッスン用のピアノ曲を流しながら美玖はフロアで念入りに身体を伸ばした。バレエシューズを履き、壁に据えられたバーにつく。両手でバーを持ち、足慣らしの運動をする。踵(かかと)を上げ下げしたり、足の甲をぐっと押し出したり、上体を横や後ろに倒したり。

　バーを片手に持ち替える。つま先を外にひらいて踵をあわせる、幼少期と同じバレエのポーズ。腕がしなやかに揺れて、彼女は動きはじめる。ゆるやかな音楽にあわせて膝を曲げて、伸ばす。浅く、浅く、それから深く。

「その動きって、プリエっていうんだよね。初めて見たときは、舞台のバレリーナのイメージにはなかった動作でびっくりした」

　美玖は動きを止めずに、ちらっと笑う。

「プリエはすべての基本だよ。初心者でもプリンシパルでも。腰を落とすんじゃなくて、床を押して上体は高く保つ。股関節から外旋(がいせん)する。足首に力は入れない。このパひとつをとっても、バレエに完璧はないんだなって思う。どんなにすばらしいダンサーも、届かない理想に向かって努力しているんだって」

　優しい口調の説明が耳にこころよい。「美玖ちゃん、教えるの上手(じょうず)そうね。レッスンしてるところを見てみたいな」

「残念ながら見学は入会希望者だけなんだ」まったく残念ではなさそうに美玖は言う。

　バーレッスンは三十分ほどで済んだ。美玖の身体はバレエの基礎をなぞり終え、力強く熱を帯びている。

美玖が選んだあの曲が、繰り返し、繰り返し再生された。最初から、途中から。十秒たらずの部分のリピート。ステップを踏み、小さく跳び、手を動かしながら何事かを考える。私の存在は途中で忘れたらしい。私も邪魔にならないよう、息をひそめて座っていた。

「あと一時間でベビークラスよ。大丈夫?」

ゆりが扉から顔をのぞかせて、美玖は現実に戻る。「一回通して終わります」

いくつも試した始まりのポーズのうちのひとつを選んで、彼女は音楽を、彼女自身をつかまえようと構える。

凛と弧をえがいて足が上がったとき、揺れるチュールの幻を見た。踊りにふさわしい生地、美玖に映える色、音をビーズにして縫いつけたような装飾。意図せぬうちにデザインが育ちはじめる。曲が鳴り止むなり私は美玖に、話を受けることにする、と申し出た。

◇

日本にいるうちにしておくべきことがいくつかあった。最優先は電話だ。事情を話すと、タイトなスケジュールにもかかわらず水城は都合をつけてくれた。彼は専門学校の後輩で、バレエの衣裳制作を請け負う小規模なアトリエを構えている。作業期間を考えるとデザインは今月中に固めたい。新しいスケッチブックを購入して考えを練る。

美玖の踊りを知るために、自主練は可能な限り見学した。スケッチをさせてもらうこともあった。過去の発表会やコンクール、公演などの映像から、クラシック作品をゆりに選んでもらって片っ端からチェックした。

ゆりの発表会での美玖は元気な踊りが目立つ。よその教室に行った中高時代は上品で技巧的なソロをよく踊っている。私が気に入ったのはバレエ団の公演の映像だ。群舞(コール・ド)の場面はどれが美玖なのかをゆりに訊かなければならなかったが、一糸(いっし)乱れぬ動きは贅沢(ぜいたく)な舞台装置のようだった。数人のアンサンブルは躍動感にあふれている。ソロでも、コンクールとは比較にならない物語性がある。村人の素朴さや貴族の優雅さ、死後のたましいの儚(はかな)さ。

早回しの成長を記憶とスケッチブックにおさめて、自分の暮らしに帰った。早くも秋の深まる町で、私はデザイナーという、妻という、ちいさな歯車になる。私の生まれなかった国の言葉、わかるはずのない未来を引き寄せながら練る販売戦略、シーチングの仮縫いをまとったトルソーと気難しいパタンナー。

私はささやかな誇りを胸に、となりの歯車たちへと力をつたえる。私も、マーケティングを担う夫も、従業員はみなブランドにとって欠かせない部品であり動力だ。

休憩時間には有名なヴァリエーションを動画サイトで観た。近所の劇場でちょうどバレエの公演があったので、仕事帰りに寄った。

夫には依頼のことを話した。でも、真剣さはあまり伝わらなかった気がする。彼は姪(めい)っ子に服を贈ると聞いたくらいのニュアンスで、いいじゃないかと微笑(ほほえ)んだ。

美玖は二、三日おきに動画を送ってくれた。短いなかにも彼女の堅実な努力が見てとれる。散らばっていた可能性がしだいにまとまってかたちを得ていく。振付が定まってくると足元はトウシューズになり、印象が変わった。回転はより鋭く、バランスはより軽やかに。身体を支えられるほど硬いはずの靴が、足となじんで有機的に撓(しな)う。

クラシックだと言っていたけれど、美玖の振付にはそこはかとなく現代的な香りがあった。たとえば足を平行にそろえて立ち、ためらいがちに踊りはじめる冒頭。アンバランスにも思える姿勢でつま先立ちをするところ。

ぴんと腰の横に張り出したクラシックチュチュよりも、広がったり揺れたりするロマンティックチュチュのほうが好もしいが、脚さばきの鮮やかさを隠さないよう丈は短めにしたい。ペンや鉛筆の素描(エスキス)が増えていく。色と装飾は、美玖が何を表現したいかを把握したうえで決めるつもりだ。

美玖はバレエの用語や技術の解説を丁寧にしてくれる一方で、詳しいコンセプトをなかなか教えてくれなかった。漠然としたテーマは難しいと言ったときのこわばった顔が思い出される。畏縮(いしゅく)させてしまっただろうか。

動画への返信に、納得がいっていなくてもいい、コンセプトについて心にあることを教えてほしいと書いた。デザインのために必要なのだと訴えるうちに、ちゃんとできてからがいいと渋っていた彼女も納得してくれた。直接話したいとのことでビデオ通話をセッティングし、画面のむこうで緊張している様子の美玖に、私は極力あかるく手をふる。

「さっそくだけど、美玖ちゃんの状況を聞いてもいいかな。表現したいもののなかで、いま言葉にできていることはある？」

「思いついたのが突然で、理由っていっても難しかったんだけど。ひとつだけわかってたのは、恵ちゃんがきっかけだってこと。クラシックにしようと思ったのもチュチュがいいって思ったのもあの日だったから」

　きっかけになれたなら嬉しい、と言うと、美玖は照れくさそうな顔をする。それでも姿勢よく座っているせいか、彼女の態度がゆるんだようには感じなかった。

「そういう発想がふってきたのは、記憶が刺激されたからだと思うんだ。教室ができたばっかりで、恵ちゃんの衣裳で最初の発表会をしたころの記憶。その先もずっとママに教わってバレリーナになるつもりだった。クラシックしか知らなかった。夢のなかでしか履いたことのないトウシューズは魔法の靴で、バレエの歴史も現実もわからないまま、身近なあこがれだけで生きてた。世界一のダンサーにだってなれる気がしてたし、大人たちも大きな目標を持つのを喜んでくれる年頃だった」

　美玖は語る。迷いはあれど、みずから考えて言葉を選ぶ。

「何かになりたいって努力するのは、宝石を磨（みが）くのにたとえられることがあるよね。だけどほんとのスタートは、岩を割って原石を探すところなんじゃないかと思う。何もないかもしれないっておびえながら、自分を割るの」

　青く清潔な言葉が眩しかった。これはまぎれもない美玖の実感なのだろう。彼女の瞳の洗いたてのような光に惹きつけられる。

「私、うぬぼれてた。ダンサーの長所とか、癖とか、こういうところを生かせば素敵になるってぱっとわかるのを、自分の才能だって、私は宝石を探せる人間なんだ、って」

「才能と言っていいんじゃない？」得意なことは、得意だと思えたほうがいい。「そう呼ぶのが嫌なら長所でもいいけれど」

　違うんだ、と美玖は軽い調子で返す。「自分になんの才能もないって言いたいんじゃなくて。私がみているのは、もう宝石と呼べるものだって気づいたんだよ。その人と先生たちが掘り出して磨いてきたもの。そのことに敬意をもって、さらに魅力的にみえるようにするのが振付や演出の役割なのかもって」

「すごいね、振付のプロでもそんなふうに考えられる人ばかりではないんじゃないかな」

「調子乗るからやめて」とがらせた唇に幼さがほんのり出る。美玖はすぐさま表情をひきしめて続けた。

「スターダンサーだったら振付家になるのも簡単なんだろうなって、悔しいような、不満なような気持ちになったこともあるんだ。だけどもし、それが自分を磨く努力をよく知っているからなんだとしたら、私はすごく納得できる。それなら私にも、いまからでもできることなんじゃないかって思う。だから今回の作品で私はもういちど自分を割ってひらいて、みつかるのがどんな小さな石でもいいから精一杯磨いて、お客さんに差しだしたい」

美玖が晴れやかに笑った。きらきらしたものが脳裏をよぎる。硬く、つめたく、未完成でありながら綺麗なもの。「だったら、衣裳も石をモチーフにしようか」

「どんな石？」

「たとえば、原石の標本みたいな感じとか。ほら、母岩がついてたりする」

「最高。ぴっかぴかの宝石じゃありがちだもん」

装飾のアイディアがつぎつぎに湧いてくる。頭のなかでエスキスに色をかさねた。可能性を絞らずに、思いつくままに。

九月の最終週、私はスーツケースを引いてゆりの家を訪ねた。美玖が私の渡航費を出すと知ったゆりは、宿代を浮かせるべく私を自宅に泊めることにしたのだった。彼女の夫は例によって単身赴任中で、家にはひとりぶんのスペースが余っているらしい。とはいえひとの夫のベッドを借りる気はないので、リビングの床に布団を敷かせてもらうことにした。

振付がほぼ完成した解放感もあってか、私が泊まることに美玖はずいぶんはしゃいでいる。ゆりは渋い顔で娘をたしなめていて、これではどちらが私の友達なんだか。

荷ほどきのまえに三人揃ってスタジオに降りた。美玖はバーに直行して柔軟をはじめる。オーディオを操作するのはゆりだ。レッスンの振付を与えるのも。ゆりが順番を言いながら簡単に動いてみせ、美玖はそれを自分の手の動きに置きかえて覚える。説明は繰り返されない。音楽がかかると、美玖は迷いなく明瞭に身体を動かす。指導の言葉は単語ひとつかふたつのことがほとんどだ。美玖はうなずくことも返事をすることもないが、全身を使って聴いている。腕が、脚が、望まれたかたちに向かってみずみずしく伸びる。足先は柔らかくもなり、鋭利にもなる。

身体が温まるにつれて美玖は上に着たものを脱いでいく。優美なボディラインが明らかになる。残るのはレオタードとベビーピンクのタイツ、ショートパンツ。

バーはおしまい、とゆりが宣言して、美玖は靴を替える。美しい道具だと思っていたトウシューズは、間近に見ると使い込まれていることがよくわかる。すれたサテンと、いびつに糊のとれた甲。履き口や平らなつま先の周囲がそっけない白い糸でかがられている。足首をとめるリボンやゴムも針目の粗い手縫いだ。美玖の手がすばやくリボンを結ぶ。

フロアでのレッスンは、より踊りらしくなって素人目にも面白かった。移動の幅も大きくなっていくし、曲ごとに回転やジャンプといった技のそれぞれを楽しめる。

最後に美玖の作品が披露(ひろう)される。ゆりは鏡の前に椅子をひとつ置いた。こちらが正面だと告げ、私を座らせる。自分は腕組みをして美玖を見守る。美玖はレオタードの上にストレッチチュールの、膝が出る丈のスカートを身につけ、私たちに背を向けて立つ。衣裳のシルエットは決めたので、少し前から感覚をつかむため練習でも同じくらいの丈のスカートを使っていた。

私の耳にも染みついたファニー・メンデルスゾーンが流れる。美玖の身体には、骨の髄(ずい)から髪の先までこのメロディが、リズムが組み込まれているだろう。

腕がまず動いた。そして首へ、上体へ、脚へと波及する。音にたゆたうように、けれどまだ踊ることをためらうように。

明るくなる曲調に誘われて軽やかなジャンプ。つま先立ち(ポアント)で鮮やかなターンを繰りかえしてフロアを進む。盛り上がるところではよりダイナミックな跳躍を。最後は、ゆるやかな回転から、片足のつま先で立ち後ろに脚を上げる静かなアラベスクへ。余韻とともに軸脚(じくあし)が膝を曲げた(プリエ)形になる。無音が訪れてからひと呼吸あって、ポーズが解(ほど)けた。小走りに私たちのもとへやってきた美玖に拍手を送る。

「生だと迫力が凄いね。見惚(みと)れちゃったよ」

美玖のデコルテは汗に濡れている。観ている私は絢爛(けんらん)たる白昼夢とばかりに感じたけれど、彼女の身体は現実のものだ。激しい呼吸をおさえて彼女はにこやかに応じる。

「ありがと。衣裳のイメージと違わない？」

「それは美玖ちゃんに判断してほしいな」

作品の主体となるのは、振付家であり踊り手である美玖だ。本来なら、途中の段階で細かく希望を聞きだしておくべきだったのだろうが、美玖は何かと私に任せたがった。伝えられたのは、ピンクやライトイエローなど外したい色をいくつか、造花やフリルやリボンは好きでないことくらい。期待を感じて張り切ってしまう。

美玖がシャワーを浴びる間に、私はリビングで荷物を整理し、デザイン画の梱包を外した。乾ききっていない髪でやってきた美玖に催促されて、テーブルに水彩紙のイラストレーションボードを置く。普段は厚紙を貼ったボードではなくスケッチブックか一枚の紙に描くが、演出としてはこちらのほうがいい。

美玖が目を瞠る。彼女の手にしたボードには、衣裳をまとったバレエダンサーがペンと透明水彩で描かれている。コンセプトは〝原石のドレス〟だ。ロマンティックチュチュをベースとしたつくりで、膝頭が覗くほど短い。地色はグレー。ストーンやスパンコールはざくろ石をモチーフにとって赤とし、左胸を中心にボディスを飾る。宝石は胸から下にかけてしだいにまばらに、小さくなっていき、スカート部分には星屑めいたスパンコールだけを散らす。髪飾りはティアラではなく、大ぶりの赤いストーンとシルバーのワイヤを組み合わせたパーツを側頭部に留める。

「モチーフはざくろ石にしたの。配色として映えるし、何より美玖ちゃんにぴったりだと思ったから。ざくろ石、ガーネットはね、研磨剤にも使われるんだって。宝石として有名だけど、ほかの石を光らせることもできる」

「私、そんなふうになれるかな」

「なると思うからこのデザインにしたんだよ」笑いかければ少女のままの頷きが返ってくる。

採寸は予定通り、明日だ。

水城のアトリエは住宅街のはずれ、三階建てビルの二階にあった。上は会計事務所、下は美容院の古めかしい建物だ。狭いコンクリートの階段を上り、重い鉄のドアをあけると仕事場になっている。アイロンをかけたあとのようなにおい、トルソー、ミシン、どっしりとした広い作業台、半透明のプラスチックケースに満載された素材の数々、糸や巻いた布のストック。内装に私の義母のようなこだわりはなさそうだが、雑多な道具たちがどれも大切にされて収まるべきところに収まっている感じがした。
「まさか入江先輩が僕を頼っていらっしゃるとは思いませんでしたよ」
水城がスリッパを出してくれる。長袖のシャツにジレ、スラックスというかっちりした服装。美玫より小柄で、男性にしては線の細い身体つきをしている。栗色の髪と柔和な表情は学生のころから変わらない。彼は当時からバレエの衣裳制作を志していた。物静かで、課題のあいまにさまざまな舞台を貪欲に観てまわっていた、目標に一途で優秀な後輩。

「私はあなたしかいないと思ってた。ホームページに出してる作品もすごくいいし」

「光栄です。発表会でしたか、前のときもお声がけくだされればよかったのに。見栄えをよくするちょっとしたコツなんかもありますから」

「あのときも頭をよぎりはしたのよ。でも、ただ働きにさせてしまいそうだったから」

「律儀ですよね。だから急ぎの仕事でもお受けしたんですが。うん十年ぶりとはいえ、先輩ならめったなことはなさらないだろうって」ニヤリとしてから、水城はすまし顔で美玫に目を転じる。「はじめまして、水城真由と申します」

美玫が大人らしい口調で名乗りかえす。佇まいに隙がなく、水城に向ける眼には見定めるような色があったけれど、彼のほうは平然とした表情を保っている。「振付もされるダンサーさんとのお仕事は初めてなんですよ。入江さんから概要をうかがっていますが、衣裳のお話のまえに、踊られる作品のことなどお聞かせいただけましたら嬉しいです」

作業台にはレモン入りの氷水を満たした硝子のピッチャーと、切子のグラス、エンボス加工を施した紙のコースターが準備されていた。美玫と並んでスツールに座る。水城は私の向かいに腰を落ち着けた。

私とのやりとりで慣れたのか、美玖はそつのない説明をした。私があいだに立たなくても話が進む。水城のおだやかな傾聴の姿勢と、最低限かつ効果的に挟まれる質問には舌を巻いた。舞台設備や照明については私も初めて聞く。気づけば美玖は作品や公演のことだけでなく、ふだんのレッスンのこと、カンパニーのこと、実家の環境に至るまでを話している。

「水城さんは、どうしてバレエの衣裳をつくる人になろうと思ったんですか？」グラスの模様に指を添わせながら美玖が首をかしげる。

「姉の影響ですね」端的（たんてき）に言い切り、水城は自分のグラスに口をつける。「二つ違いの姉がおりまして、小さいころバレエに夢中だったんです。発表会ごっこだの何だのに巻き込まれているうちに、僕のほうが器用だったもので衣裳係みたいになってしまって。模造紙やティッシュで色々やったのが最初です」

「そのときからずっと衣裳の仕事を目指してた感じですか」

「どうでしょう。暴君みたいな姉でしたから。楽しいときと、やらされてると思うときとが半々くらい。本当に魅了されたのはもっと後、自分が踊りはじめてからかもしれません」

「踊るほうも？」

「姉が飽きて辞めるころになって、先生から誘われて始めました。踊るより観るほうが好きでしたし、上手くもなかったんですが、年数だけはけっこう長く。さて、こんなところで、そろそろデザインの話に移りましょうか」

作業台上が片付けられ、私はその中心にデザイン画を置く。ほかにも、イメージに近い衣裳の写真や素材の資料を持ってきた。

「ボディスはあまり光沢の強くない素材で、グレーの濃淡でマーブル模様にしたいの」

水城が手を伸ばし、参考にと出した包装紙を受け取る。

「こういった控えめな柄だと、舞台と客席の距離では先輩が期待するほどの効果は出ないかもしれません」

いかんせん、舞台の遠さに対する実感が弱い。「リアルクローズと舞台衣裳の違いね。柄の主張は激しくないほうが良いのだけど、水城だったらどうする？」

「ぼかしを入れて模様は無し、ですかね。立体感や陰影を強調するように色をさすんです」

「そうか、立体感。のっぺり見えるのは避けたいし、そっちの方向でいこうかな」

「素材を探しながら考えてもいいと思います」水城が端切れを束ねた見本帳を引き寄せる。

「織柄なら染めても残りますし、照明の当たりかたによって模様が浮き出たりしますよ。こんな感じであればマーブルに近いのでは」

流水ふうの地紋を織り出した生地だ。これだと大味すぎるが、柄でなくとも、布の質感で石を表現してもいいかもしれない。

「この形なら、スカートは三段ですね。三十デニールとソフトチュール。オーバースカートはどうしますか」

「柔らかいほうがいいな。透け感も欲しい」

「石そのものに見える必要はないわけですね」

「あくまでモチーフだから。幻想的で、ふわっと軽い感じに」

「薄いオーガンジーが妥当でしょうか」メモを取る水城の手元を美玖が神妙に眺めている。

作業台を挟んだ距離だと、目が良くても彼の几帳面(きちょうめん)な文字までは見えないだろうが。

「スパンコールを散らせる？　揺れるときらきらするように」

すいと上げられた視線で否定がくることは察したが、続く声の調子は嫌味がなかった。

「スパンコールって、実はあんまり光ってくれないんですよ。石のほうがいいと思います」

そうだっただろうか。時間の制約のため多用はしなかったが、発表会でもスパンコールは使った。仮にも衣裳を舞台にのせた身として不見識が恥ずかしく、耳のさきが熱をもつ。

「ラインストーンってこと？」

「ですね。目立たせるなら」仕切りつきのケースをあけて、使っているものを見せてくれる。

美玖も興味深そうに覗きこむ。色とりどりのつくりものの石は、たしかにスパンコールよりくっきりと光を弾いていた。

「ボディスに平らな飾り紐(ブレード)は使いますか？　デザイン画では描かれていないようですが」

「自然な感じにしたくて入れないでおいたの」

「石の配置がアシンメトリーですから、この流れに沿って強調する感じで、地色に近い色のブレードやモチーフレースを持ってきたらどうでしょう」

「あ、いいかも。そしたら布はシンプルにいこうかな」

水城が持ち出した大量の紙を使って話したことを絵に置きかえ、美玖にも確認してもらいながらデザインの細部を詰めていく。水城はさすがに慣れていて詳しく、彼からの提案は丸ごと容(い)れてしまいそうになるが、美玖はむしろ私のほうに意見を求める。おかげで意見を言うことから逃げずに済んだ。

「野々村(ののむら)さん、採寸お願いできますか」

話し合いが一段落して水城が呼んだのは美玖と同じくらいの年頃の女性だった。物置かと思っていた扉から忙(せわ)しない空気をまとって現れた彼女は、鼈甲(べっこう)調のふちのメガネをかけて、繊維くずのついたエプロンをしている。

「はいっ、だいじょうぶです。アシスタントをしてます、野々村といいます。採寸は私がしますね。よろしくおねがいします」

ぺこっ、と効果音がつきそうなお辞儀。美玖は彼女に連れられて隣室に着替えに行く。

「アシスタントさんがいるのね」

「そう名乗ってはいますが、彼女は自分の名義でも活動してますよ。女性がいないと困ることもあるので、作業スペースを貸しつつ手伝ってもらっているというか」

「慕(した)っている感じにみえたよ」

「学生のころはアルバイトとして来てくれていたので、そのなごりでしょうか。なんにせよありがたいことです。僕の感覚的な指示もわかってくれますし」

準備ができたというので、水城はドアの外から声をかけて美玖に入室の許しをもらう。私も続いて中に入る。メインの部屋の四分の一程度で窓はない。ひと隅の天井にカーテンレールが設置されていた。間仕切りをして試着室にできるようだ。壁に寄せた作業机にはサーモンピンクのチュールが山をなし、狭さもあってやや雑然とした感じを受ける。

美玖はレオタード姿で野々村とすでに打ち解けた友人のように話している。水城とは異なる系統だが、彼女にも人好きのする雰囲気があった。しぐさの愛らしさと陽気な声音。対してテープメジャーの扱いは手早く的確だ。彼女が読み上げる数字を水城が書きとめ、採寸はすぐに終わった。

水城が建物の外まで見送りに出てくれた。彼はまず、美玖に温和な笑みを向ける。

「次にお会いするのは仮縫いのときですね。喜んでいただけるように最善をつくします。先輩は、明日もよろしくお願いします」

「ありがとう。あなたがデザインから起こすより手間をかけさせてしまうけれど」

「いえ、僕も楽しんでおります。ご遠慮なくなんでもおっしゃってください」

アトリエを出て最初の角を曲がったところで、美玖はちらと後ろを振りかえった。

「衣裳を縫う人で男性って珍しいし、どんな人なんだろうと思ってたんだけど。優しそうで……でも、実はめちゃくちゃ強い、よね？」

「わかる？」

水城は昔から誰にでも丁寧な物言いをするけれど、自分を曲げることがない。女性が圧倒的に多い世界で苦労もあるだろうに、変わらず彼らしい作品をつくり続けているのが嬉しかった。「だから信頼しているの」

美玖は教室のアシスタントと自身の練習という日常に戻り、私は残りの滞在期間で水城と制作を進めた。素材の選定と試し染め。ボディスの表布は絹の梨地（なしじ）織（おり）に決めた。砂をまぶしたようなざらつきのある生地で、軽く、手に心地よい。作業台に真紅のストーンやビーズを並べる。在庫がない装飾は水城が取り寄せを手配してくれた。

最後の夜、遅く帰るとスタジオの照明がついていた。裏に回らず教室の玄関扉に手をかける。鍵は開いていた。

フロアの中央に美玖とゆりの姿がある。音楽は流れていない。ふたりは真顔で、身体と言葉を使って振付を検討している。美玖に子どものころの縋（すが）りつくような必死さはなかった。冷静にみずからを見つめ、母の意見を受けとめようとしている。

ゆりが何か問う。美玖は首をふってポーズを取りなおす。ゆりの短い発言、美玖の長い説明。ゆりはうなずく。美玖が頭を下げる。

「遅くまでありがとうございました」

「はやくシャワーを浴びてらっしゃい」

美玖がスタジオを出ていく。残されたゆりはこらえていたらしい溜息をこぼして、オーディオのほうへ歩いていった。

「振付、みてあげるようになったのね」

「恵。いつからいたの」

「ついさっき。勝手に入るほうが邪魔にならないかな、と」

「そうね。こっちもそうしてもらおうと思ってた」ゆりはCDをケースにしまうと、私の横をすり抜けて玄関を施錠（せじょう）する。「教える、というより、あの子の眼になりたいんだけどね。恵は、私たちに師弟関係を感じる？」

「まぁ、ね。美玖ちゃんが礼儀正しいから」

「自分が作品に責任を持つべき時にまで、年長者の下について教えてもらおうとするのは、けっして良いことではないよ」

目上の人間でもなく、先生でもなく、年長者と自分を表現するあたりに、ゆりの抱える屈折が表れている気がした。ゆりは留学こそしたが、海外で長く踊ることはなかった。日本で、ほとんど収入にならない舞台に出ながら、あちこちの教室で講師をしてどうにかバレエで身を立てていた。

彼女が現役だったころ「プロのダンサーだと名乗っていいのかわからない」とこぼされた

ことがある。教室を持ち、生徒を抱えるようになってからも、自身の実力に対する疑いは消しきれなかったようだ。けれど熱心に指導法を学んで気持ちに折り合いをつけ、人前では堂堂とふるまい、生徒たちの信頼を得てきた。そのゆりが娘に限ってうまく接することができなかったのは、おそらく期待の強さのためだ。美玖が大成する器だと、ゆりは苛烈なまでに信じている。自分よりはるか高みへ行くはずだと思うがゆえに厳しく育てようとしたし、のちには損なうのを恐れて触れられなくなったのだろう。

「強すぎる期待は重荷にならないかな。振付家としては駆け出しなんだから」

「恵は美玖に甘いよ。デザイナーになりたてのころ、そんな言い訳しなかったでしょ」

ゆりも美玖も私を買いかぶりすぎている。当時は義母に見限られるのが怖くて弱音も吐けなかっただけだ。「私はアーティストじゃないもの。同列に語られても困るよ」

「美玖は、そうは思っていないでしょうね」

「わかってる」美玖は作品のために私が必要だと言ったのだ。「受けたからには対等に、自信をもって表現者として接するつもりでいる」

「わかってる、なんて簡単に言っていいの？」ゆりが品定めするように目を細める。含みをもたせた理由には、すぐ思い至った。

「仕返しのつもり？　私がまえに、わかってないとかって口をすべらせたから」

「いくらかは」苦くもあたたかなこの笑みを、ゆりはいつ身につけたのだろう。私の知らなかった顔だ。

「あなたがなんと言おうと、あの子は私の娘で、私が信じた才能なの。傷がつけば自分の身体以上に痛いけれど、決して、私の自由にはならない、するべきではない存在。わかってないなんて言われたくはなかったよ」

　弁明のしようもない。踏み込むのは慎重になるべきだった。親としてのゆりの気持ちは、私が最も想像しにくい場所にある。

「ごめんなさい。本当に、そうだと思う」

「いいの。おかげでこうして少しはあの子に手を貸せているから。衣裳はどう、順調？」

　順調だよ、とだけ答えた。頼むね、とゆりは短く言い、窓をめぐって戸締（とじま）りをする。ダンスシューズが床を踏む音が響く。

「美玖が出たらお湯をつかってちょうだい。明日は飛行機でしょ」

「何から何までありがとう」

「娘のためだもの」ゆりは冗談っぽく口をとがらせた。

　美玖は衣裳のデザインが決まってからも練習動画を送りつづけてくれた。振付に修正を加

え、ひとつひとつの動きやポーズに磨きをかける。最後の部分には納得がいっていないようで、見るたびに微妙に違った。

動画にはゆりが映っていることもあった。バレエの専門用語を使ったやりとりを聞くと、意味はわからずとも安心した。

水城はこまやかに確認を入れながら作業をしてくれた。美玖とは採寸の日に会ったきりなのに、私より彼女を知っているような提案を幾度も受けた。身体に合った胸元のカットや背中のあき方、エトセトラ。衣裳はダンサーのためのもの、ダンサーがいてこそかたちを持てるのだと痛感する。

色調は画像だと伝えづらいが、概ね相談は済んでいるので問題なかった。彼の仕事は際立って丁寧だ。手を動かしているところを見なくてもわかる。裁断に染色、ミシンの扱い。報告される経過から精密さが伝わってくる。

仮縫いには私も立ち会った。水城のアトリエを美玖と再び訪れ、制作途中の衣裳と対面する。タックや縫い目の正確さ、歪みのないプレスは見事と言うほかない。繊細なグラデーションに染め上げられたチュール、複雑な色合いのぼかしが施された表布とオーバースカート。グレーのなかにもあたたかいもの、つめたいもの、あかるいもの、くらいものがあり、それらが主張しあいながらも纏まりをもって共存している。装飾は私の帰国を待ってもらっていたから、チュチュは素のままに近い状態だった。だがそこにはすでに、私が求めたより豊かなディテールがある。

美玖のサイズは採寸のときよりも若干小さくなっているようだった。野々村と水城が息の合った動きで調整していく。

私の滞在期間中、水城は完全に予定を空けてくれていた。美玖を先に帰して仕上げにかかる。仮置きした装飾を近くから、遠くから眺めてバランスをみた。自然に見えてほしいが、衣裳の美しさは人間の作為から生まれる。三日間通い詰め、配置が決まったときには帰りのフライトが迫っていた。ゆりの家にあったスーツケースは美玖に持ってきてもらう。

私の去りぎわ、水城は慈愛にみちた指づかいで衣裳を着せたトルソーにふれた。私はこうまで、一着の服をいとおしんだことがあっただろうか。

「あとはお任せください。この子は僕が、責任をもって仕上げますから」

完成したのは十一月も下旬に入ってからだ。受け渡しがてら衣裳をつけて曲を通すことになり、私はゼロ泊三日の旅を強行してスタジオに向かった。冬至までひと月足らずだというのに故郷の陽射しは惜しみない。淡く晴れわたる空のもと、高揚のためか、機中泊で凝り固まった身体が変にさわやかだった。

水城の運転するライトバンが到着する。彼はスタジオに通されると、野々村のかかえる段ボール箱をゆりと美玖に向けてひらいてみせる。衣裳は透明なビニールに包まれ、皺(しわ)にならぬよう余裕をもっておさめられていた。タイツの上にシャツワンピースを着た美玖が緊張した面持ちで箱ごと抱きとめる。髪は本番用のシニヨンに結い、すでにウォームアップを済ませてある。

「着てきます。恵ちゃん、一緒に来てくれる？　後ろ留めてほしい」

生徒用の更衣室で服を脱ぎ、チュチュを広げる。おもてには鮮紅色の石がふんだんにあしらわれ、彼女の手に色つきの反射光を投げる。

美玖はチュールの中心にわずかの無駄もない肉体をさし入れる。私は背のホックを、下から順に、糸でつくられたループにかけていく。丘をなす背筋と、その谷間にある脊椎。張りつめた若い皮膚、よく動く肩甲骨。

「恵ちゃんおぼえてる？　あの赤い、兵隊さんのちっちゃなクラシックチュチュ。〈くるみ割り人形〉の行進曲の」

もちろんだ。金のブレードでつくった、軍服風のボタン留めを模した飾り。同じ素材のふちどりを施したオーバースカートにはかわいらしくドレープをかけた。採寸のとき、衣裳を着せるとき、ちいさな美玖の、熱く湿りをおびた薄い皮膚と小鳥のような骨格が、うかつに触れると壊してしまいそうで怖かった。

「私、いまでもあの曲が流れるとママの振付が浮かぶ。ママは忘れさせたいんだろうけど」

「忘れてほしいっていうより、あなたが過去にとらわれてしまうのが嫌なんじゃないかな。ゆりは、自分の影響が悪いほうに働くのをずっと恐れてきたわけでしょう」

「ママが教えてくれてたって事実は消えないのにね。あのころ基礎を叩きこんでもらってよかったたって、私は思ってる。先生がママじゃなかったら辞めてたんじゃないかってくらい、きつくて地味だったけど」

心細そうに表現を探っていたのがずいぶん昔のことに思えた。美玖はもう自分で道を選べる。惑うことはあっても歩き続けるだろう。ゆりがそうであったように。

「美玖ちゃんのそういう強さを、ゆりもそのうち理解してくれると思うよ。いまの美玖ちゃんとゆりの関係も、作品をつくりはじめたころとは違っているように、私にはみえるもの」

ホックを留め終える。ボディスは寸分の狂いもなく美玖のウェストに吸いついている。子どもにはない、成熟した女性の曲線。石の彫刻のように豊かな陰影をもつグレー。胸元ではブレードの描く繊細な模様が、群れ集(つど)うストーンに寄り添っている。

美玖が身体をひねって姿見を覗く。スカートがゆれる。ぼかし染めの、チュールのひだが透ける薄いオーガンジーの上に、澄んだ紅(くれない)の光がまたたいた。

段ボールの底に小箱があった。ワイヤ入りの銀のコードと不揃いの赤い石を組み合わせた頭飾りだ。要所に仕込んだ黒いネット(ホースヘア)にヘアピンを挿して留めるようになっているそれを、美玖は自分で左耳の後ろに固定し、頭を左右にふって落ちないことを確かめる。

「タイトル、いくつかの候補で悩んでたんだけど、いま決めた。〈宝石さがし〉にする」

得意げに唇で笑って、更衣室のドアをひらく。私の肯定は必要なさそうだった。

美玖はスカートを揺蕩(たゆた)わせてスタジオに入り、トウシューズを履いた。簡単に足慣らしをしてから位置につく。舞台奥側の中央。足は平行(パラレル)で後ろ向きに立つ。ゆりは厳しい目をして、水城はおだやかに、野々村はわくわくした様子で、装飾の少ない美玖の背中を見ている。彼女はみずからの腕を抱き、うつむく。首筋に骨のかたちが浮く。磨り硝子が散らす十一月の陽光と、天井にならんだ蛍光灯が彼女を照らす。

オーバースカートのオーガンジーが空調でわずかにそよぐばかりになったとき、音楽が始まった。最初は片腕が、ピアノの歌う旋律にいざなわれる。首が、上体が呼応して、音楽を身のうちに招きいれる。彼女が静かにこちらを振りかえった。胸に真紅の宝玉をちりばめて。踊りたくてたまらないのだ。衝動が脚まで届いたら、迷いなんて忘れてしまう。

明るく駆けあがる音にあわせた軽やかな小さいジャンプ。チュールが空気をはらみ、スカートはすこしおくれて彼女の動きを追う。音もない着地からまた次の跳躍へ。優しげな動作なのに、フロアを移動するスピードはとても速い。

トウシューズのつま先の、ほんの狭い面で回りながら進めば、薄いオーガンジーは巻き上げられ、広がって、ちらちらと光の粒がうまれる。たおやかなグラデーションのチュールがその下からこぼれる。

高らかに奏でられるピアノ、伸びやかにおおきく跳びあがる身体。衣裳は生きものめいて彼女とともに踊った。紅(あか)くひかる命をやどして、石のドレスはやわらかに燃える。

曲の終わりが近づく。彼女の身体は、ゆるやかに立ち止まろうとする音楽と名残惜しそうに戯れる。とろけるようなプリエから回転へ。軸脚はまっすぐに床をさし、もう一方の足はつま先を軸の膝につけるルティレ、いちど片脚のままプリエに下りると、宙をかいて後ろへ回し、上体を豊かに使いながら膝を曲げて上げる形を私たちの網膜に焼きつけた。次の瞬間にポーズはもうほどけている。スカートを漂わせ、彼女は舞台袖にあたる方向へ歩いていく。

ラスト一音で、見えない手が彼女の腕を後ろから引いた。むろんそこにはいかなる他者も存在しないが、彼女は余韻のなかでそうっと、こわれやすい、愛おしいものがあるかのように背後へ顔を向ける。

今度こそ彼女はフロアの端まで歩み去る。水城と野々村がそろって拍手をしている。美玖はバレリーナの走りかたで中央に戻ってくる。私も手をたたく。ゆりも手を打っていた。美玖が片脚を引いて深々とお辞儀をする。荒い呼吸を隠した胸につくりもののガーネットが輝いている。

「踊っていて気になるところはありましたか」近づいて衣裳を仔細にあらためながら水城が問うた。

「ぴったりです。当たるところもないですし」

「それはよかったです。もし後から困ったことが出てきましたらご連絡ください。サイズも、多少ならご自身で糸のループをつけなおされるでしょうけれど、大幅に変わったときは僕たちが調整したほうがきれいに仕上がりますから、どうぞご遠慮なく」

　水城たちは帰り、美玖も衣裳を掛けに自分の部屋へ行った。ゆりはスタジオの真ん中をぼうっと眺めている。その指先が、ひそやかに踊っていた。

「美玖ちゃんの踊り、すばらしかった。衣裳のことで力を貸せて光栄だよ」

「ありがとう。あとひと息がんばれば良い舞台になりそうだし、あの子にとってもきっと、良い経験になる」

　希望をもたせた台詞（せりふ）と対照的に、眉根を寄せた表情はすっきりしないものだった。

「ゆりは、まだ不安がある？」

「そりゃあね。ここからが勝負なんだから。たったひとつ、作品を完成させる経験を得ただけ。それだってまだわからない。本番で、お客さまに観ていただいて、やっとバレエは完成する。いまは、あくまで通過点」

「褒（ほ）めてあげなよ。成功とか、失敗とかは置いといて。通過点を見て、良いって思ったんでしょ。美玖ちゃんは誰よりもゆりに認めてほしいんじゃないかと思うから」

「憶えとく。私はあの子を褒めるのがうまくないようだし」

　皮肉っぽい口調ではあれど、苦しそうではないことにほっとする。久しぶりに母娘で暮らして、同じスタジオで過ごし、作品を通じて向きあった。これを手がかりに、いつかふたりのあいだにバレエを置くことを恐れずにすむようになれば嬉しい。

「ゆりが美玖ちゃんを心の底から大事に思ってるのは感じてたよ。大事にしすぎて遠慮してるんじゃないかって、だからもどかしくて」

「そうだね、うん……だけど、それだけじゃないかもしれない。踊る美玖の近くで過ごしてわかったの。親としてどうなんだって話だけど、私、どっかで悔しいと思っているみたい。私が届かなかった場所で、私が見られなかった景色を見るだろう美玖がうらやましい」

私が理解できる感情ではない。けれど、その悔しい、うらやましいという気持ちは否定したくなかった。いいことなんじゃない、と言葉にしてみる。「娘でもライバル視するくらい、今もバレエに本気なんでしょ」

踊ること、教えること、振付をすること。かかわる方法を変えながら、彼女たちはバレエのために遠く高いところへ手を伸ばす。何回でも、いくつになっても。

「あの子には絶対言わないでよ」

「言わないよ。自分で言えば」

「ぜったい嫌」

大丈夫なときの顔でゆりが笑うので、私も心置きなく声をたてて笑った。

初々しく幸せそうなオーロラ姫が駆け去ったあと、舞台が暗転する。客席の薄闇には、かすかなざわめきと乾燥したあたたかい空気が満ちていた。最低限の灯りのもとに身じろぎするひとたちの頭が前方で揺れる。チケットは完売らしい。七百あまりの座席数と同じくらいの人間が、硬いひじかけのあいだの狭い椅子におさまって舞台に目をやっている。国内で活動する期待の若手ダンサーを中心にしたというコンサート。関係者が多いせいもあるだろうが、これまでのところ、どの出演者に対しても観客の反応は好意的だった。

◇

ゆりの息づかいと体温が左肩にある。期待と心配。たぶん期待が勝っている。いよいよ美玖の出番だった。影が袖から滑り出る。暗がりのなかに、誰の手も借りずに立つ。

舞台が明るくなった。ホールとしてはせいぜい中規模というところだが、ひとりで埋めるには広い空間。大道具のたぐいはない。演目ごとに色が変わる背景スクリーンがコバルトブルーを湛えているのみだ。まばゆい照明が灼く背中は白く、ちっぽけに見えた。石のチュチュが、ひんやりと彼女を包んでいる。

音楽が始まる。スタジオで聴くのとは桁ちがいに重みのある響きだった。スカートのわずかなゆらぎでラインストーンがスポットライトを鋭くはじく。彼女は踊りはじめる。腕から首、そして全身がリズムとメロディを求めて動く。彼女がこちらを向いた瞬間に、紅色が私の瞳を射た。ステージ照明のエネルギー、ひらかれた空間、観客の視線。すべてが彼女を、衣裳をひきたてる光源だった。

バレエはお客さまに観ていただいて、やっと完成する。衣裳も同じだ。ダンサーがまとい、舞台に立ち、人々の目にふれてようやく完成なのだ。距離と光が印象を変える。ほとんどの席から細部は見分けられないけれど、手を尽くせばこそ、布地は身体に沿って動きを際立たせ、装飾は人の心に印象を残す。

もはや衣裳とダンサーは境界を失い、不可分の存在となって踊っていた。跳躍、回転。彼女のまわりを泳ぐオーガンジーとチュール。絶えず変化するざくろ石の赤い光。肉体によって一瞬ごとにかたちづくられる彫刻がつらなって、どこまでもなめらかな動きになる。

曲は短い。引きこまれたかと思えばすぐに終わってしまう。彼女は消えゆく余韻を惜しんで舞台を、踊っていた空間を振り向いた。私はそこに、彼女がこの曲のなかであらわした幾つものポーズの残像を見る。

しずけさのなかを彼女が袖へと歩いていく。

袖幕に姿が隠れたとたんに拍手が湧いた。七百組をこえる掌(てのひら)が打ち鳴らされる。音は客席いっぱいにふくらんで舞台へ流れこみ、再び現れた踊り手に降りそそぐ。深く、けれど誇り高いお辞儀(レヴェランス)で受けて、彼女はまた走り去る。

暗転。醒めきらない身体の芯が痺れている。説明しがたい衝動のようなものが喉のあたりを貫いていて、息がうまくできない。さまざまな色彩やテクスチャが脈絡なく心にあふれて指先が疼いた。デザインをしているうちは自分の作品でもある気がしていた衣裳。でも、あれはもう美玖のもの、美玖の踊りを構成する部品だった。

舞台袖で呼吸を整えている美玖を想像する。暗がりではストーンもさほど光らないけれど、まだ彼女の胸にあるはずだ。

石はいつかまた踊る日のために眠る。長く踊ってほしい。移ろっていく身体と心をその踊りに映してほしい。衣裳にふくまれた私のたましいのひとかけらを、一緒に輝かしい舞台へ連れて行ってほしい。

あぁ、違う。それではいけないんだ。待っているだけでは。私は私の場所で、私の信じるものをつくっていかなくちゃいけない。美玖に負けないように。

自分には向かないと避けていたほうへ、ほんのわずかでも手を伸ばしてみよう。美玖の踊りが、私の注いだよりも大きな力で私を内側から衝き動かす。今からだって、なんにだってなれそうだった。劇場を出れば消えてしまう錯覚かもしれないけれど、しばらくは、この熱に身をゆだねていてもいいだろうか。

謝辞

執筆にあたり、衣裳制作のお仕事についてAtelier CANVASの仲村祐妃子さまにお話を伺いました。お力添えに心より感謝いたします。

おかえり牛魔王

白尾　悠

白尾 悠（しらお・はるか）

神奈川県生まれ。2017年「アクロス・ザ・ユニバース」で第16回「女による女のためのR-18文学賞」の大賞および読者賞を受賞。18年、改題した同作を含む『いまは、空しか見えない』でデビュー。他の著作に『サード・キッチン』『ゴールドサンセット』がある。

目立ちたがり――岩間奈津は誰かがそんな風に言われるのを聞くと、いたたまれなくなる。

目立つに値するものを持ってもいないのに、必死で目立とうとする、その惨めさ。それを本人が自覚していないのがまた滑稽で、注目を浴びて満足げな様子など見せようものなら、傍から見ているこちらまでなんだか恥ずかしくなる。「誰もあなたを見たくて見てるんじゃないよ」と教えてあげたい。悪目立ちなんてなおさら、以ての外だ。優れたところのない者は、できるだけ地味にしているべきなのだ。同調圧力の強いこの社会ならではの心理というのは頭で理解していても、何十年も染み付いた感覚は拭いきれない。

目立つという現象は、自然発生でなければならない。意図していないのに人より優れた資質がどうしても周りの目を吸い寄せてしまう。そんな他者からの視線を当たり前のこととしてまったく気にとめないか、蠅か何かのように振り払い、常に誰もが羨む王道を行く。それが正しい〝目立つ〟人の在り方なのだ。

桐ヶ谷詠美は正しく目立つ人だ――だった。少なくとも岩間は、当初そう思っていた。

桐ヶ谷が入社してきた秋の初め、彼女がオフィスに足を踏み入れた途端、この営業推進部ばかりか両隣の営業部、販売促進部、その向こうの宣伝部まで、この三階フロア全体が見えない興奮で包まれたようだった。ルッキズム（外見差別）が問題視されるようになっても、やはり老若男女問わず、人は美しい人に注目しないではいられない。マスク越しにもそれとわかるレベルの美人ときたら、尚更だ。

営業課長に伴われ、岩間のいる営業推進部へ挨拶に来た桐ヶ谷の肌は、薄化粧のようなのに、間近で見ても毛穴が見えなかった。マスクのために年齢が摑めないが二十代後半くらいだろうかと思われた。

「何かわからないことがあれば岩間さんに聞くといいよ。大抵の社員よりここ長いから、何でも知ってる」

「アビリティースタッフィングの担当さんからもそう伺っております。岩間さん、どうぞよろしくお願いいたします」

容姿に相応しい、よく通る凜（りん）としたメゾソプラノだった。深々と頭を下げるつむじまで綺麗な気がする。香水ではなく柔軟剤かシャンプーか、きっちりまとめたセミロングの黒髪から上品なグリーンノートがほのかに香る。

「こちらこそ、よろしくお願いいたします」

「岩間さん、桐ヶ谷さんのコピー機の登録とか、オンラインツールのアカウント発行とかお願いしてもいい？　あ、あと郵便物とファイリングの管理方法も」

名ばかり課長と派遣会社の名ばかり担当者は、無期雇用派遣の岩間をあたかも全派遣社員の世話役のように使う。無期雇用とは他の登録型派遣社員と違い、三年という法的な派遣期間の制約を受けず、たとえ派遣先で切られても次が決まるまでのブランクの間も派遣元会社から賃金が支払われる、という意味だ。

三年ごとに派遣先を変わらざるを得ず、いつ首を切られるかもわからなかった三十代のときは気ばかり焦り、藁をも摑む思いでこの立場に手を挙げたが、五年経った今、〝無期限格差雇用〟の略だったのだと痛感している。同じチームで働く正社員たちとの待遇差は縮まるどころか開くばかりで、昇給の当てもなく、手間はかかるが評価に繫がりにくい業務をただ押し付けられる、安くて使いやすい、便利な人間になっていた。

「……社内の案内はもう終わってるんでしたっけ？」

「いえ、人事の方から岩間さんにお願いするようにと言われました」

名ばかり人事め。岩間は心の声を噯にも出さず、努めて明るく言った。

「じゃあ、さっそく行きましょうか。場所がわからないと始まらない業務もありますし」

課長は岩間によろしく、ともありがとう、とも言わずデスクへ戻っていく。

「お忙しいところ、業務外のことで時間を取らせてしまって恐縮です」

「ん？」

桐ヶ谷のいわゆるアーモンド形の目――安いバーのつまみとは違う、ヨーロッパ辺りの最高級グレードの――が岩間を真っ直ぐに射る。

「岩間さんは営業推進部ですよね？　営業部アシスタントの受け入れは本来のお仕事ではないのだろうな、と」

「ああ……まぁ営業部と営業推進部は連携が基本なので、気にしないでください。営業部員は出払ってることも多いし、本当に遠慮なく、わからないことがあったらいつでも聞いてくださいね」

桐ヶ谷の目力に不意をつかれたばかりでなく、職場で誰かに気遣われることなど久しくなかった岩間は、少し声が上擦(うわず)ってしまった。

「ありがとうございます」

そのときになって初めて桐ヶ谷はうっすら微笑み、アーモンドが綺麗な三日月になった。

桐ヶ谷は仕事の覚えが早く、営業部の評判は上々だった。容姿補正が入っていると見る向きもあったが、これまで何十人という派遣社員の、いわば入社後研修を担ってきた岩間も営業部員たちと同じ意見だった。的確な質問で岩間の説明を補い、さらに一歩、二歩先まで読んで問題が発生しそうなポイントを見抜く。業務全体の流れを把握するのも早く、前任が残した余計な作業や重複していた確認プロセスは、彼女によってたちまち取り除かれた。お陰で岩間の本来の業務への支障は最小限で済んだ。

　でも桐ヶ谷には〝使いやすい〟派遣に必須と言っていい、〝頼みやすい雰囲気〟が皆無だった。それは岩間の経験上、社員たちの至極どうでもいい無駄口と、それに仕方なく応じる派遣社員の愛想笑いと、部のメンバーとの苦行のようなランチで、チームワークという名の馴れ合いの土壌を築いた上でじわじわと醸成されていくものだ。

　だが桐ヶ谷は、

「病気の後遺症で耳が聞こえづらかったり、痛むことがあるので、そういうときは恐縮ですが業務外の会話は極力控えさせていただきます」

「ひどいアレルギー体質で、外食は控えるよう医師から言われておりまして、残念ですがランチなどは遠慮させていただきます」

と、見事に馴れ合う隙を与えなかった。昼休みも退勤もきっちり時間通りに、風のようにオフィスから去っていく。

　やはり規格外の容姿のせいか、普段なら雰囲気など鼻息で押し出し、派遣にどんな雑事を押し付けることも厭わない図々しさと鈍感力を誇る営業部の猛者たちも、いつもの「ちょっと頼まれてくれる～？」を引っ込めている。雑事を頼みにくいなんて派遣失格の烙印を押されても仕方のないところだが、桐ヶ谷においては、契約上の業務の出来には文句の付けようがないので、問題視されることもなかった。

「桐ヶ谷さんてクールを通り越してドライですよね」

社員とは親しまなくても派遣同士の繋がりを重視するタイプのスタッフたちは、桐ヶ谷にあまりいい印象を持たなかったようだ。派遣社員が集まってランチを食べるこの大会議室、通称〝派遣さん食堂〟へ、初日にすら来なかったからだ。「超美人派遣入社」のニュースは瞬く間に全社に轟いていたはずだから、皆ここで会うのを楽しみにしていたのだろう。岩間も「業務で一緒になることもあるから一度だけでもぜひ」と少し押し気味に誘ってみたが、断られた。

「アレルギーがあるから、ここに来ないのは仕方ない部分もあるんじゃないかな」

室内のそれぞれの位置にグループで陣取り、家から持参した弁当やコンビニ飯を広げていたスタッフたちが、さりげなく岩間たちの方に聞き耳を立てる気配がする。

「でもお弁当持参なら別にここで食べてもいいじゃないですか。あえて私たちと距離をとっているように見えちゃう」

「まだそこまで話したわけじゃないけど、正直、なんかちょーっと壁を感じるんですよね」

「彼女が昼休みに駅の北口の方へ急いでるのを見たんですけど……あの、お店がたくさんある辺り。アレルギーって本当なんですかね」

宣伝部のスタッフの言葉に皆がざわついた。岩間は面倒臭いことになったと思った。

正社員、派遣社員問わず、人間にはランチを「一人で食べたい」派と「一人では味気ない・心もとない」派がいる。日によって両派を行き来する人も多い。コロナ禍からこっち、慣習的に派遣さん食堂に来ていたスタッフの何人かはすっかり来なくなっているのだが、桐ヶ谷が槍玉にあがるのは新参であり、やはり美人で目立つからだろう。

本当は岩間だって昼休みの一時間くらい、ランチを食べながらスマホで配信サイトの海外ドラマを貪りたい。でも派遣社員が入社するたび、不安な面持ちで「ランチご一緒していいですか」と尋ねられ、応じてるうちに、いっそ皆で一緒に食べてしまえと会議室を確保したのは自分なので、引くに引けない。それに仕方なくとはいえ、派遣社員のまとめ役を担うからには、日常的に彼ら彼女らとコミュニケーションは取っておきたい。嫌われてしまったらアウトだとも思っている。

「岩間さんとしては本当のとこ、どう思ってるんですか？」

「それより桐ヶ谷さんて彼氏いるんですか⁉」

いつの間にか岩間たちのグループの端に加わっていた高橋が、まったく空気を読まずに質問を被せてくる。

「ちょっとー、勝手に脱線しないでよ」

「桐ヶ谷さん狙ってんの？　少なくとも五人くらいの正社員と張り合わなきゃだよ」

「高橋くんも普通に面食いの、つまんねー男なんだな」

「ってか絶対に相手にされないでしょ」

皆に言いたい放題言われても、高橋はカレーパンを片手に真っ直ぐな目で岩間の答えを待っている。派遣の中でも最年少、小柄で未だ高校生のような雰囲気があり、数少ない男性でもある高橋は、皆の弟のような存在だ。〝黒一点〟でも違和感なく女性陣のトークに加わるので、「青年の皮を被ったおばちゃん」とも呼ばれている。

「だってあんな綺麗な人、滅多にいないじゃないですか！　ペットみたいな扱いでいいからワンチャンないかなって。で、どうなんですか？　岩間さん何か聞いてないですか？」

「プライベートなことはまったく。高橋さん念のため、ご本人に気軽にそういうこと訊かないようにしてね。派遣同士でもハラスメントになり得るから」

「あ……そうなんですね、気を付けます」

しょんぼりした高橋に、周囲が飴やらチョコやらを恵んでやる。岩間も個包装の煎餅をあげた。頓狂な高橋のお陰で桐ヶ谷への悪い波が中断されてよかったと思う。きっちり仕事をする限り、クールであろうがドライであろうが嘘を吐こうが構わない。社内で悪目立ちしなければ、そしてその皺寄せが自分たち派遣に来さえしなければ。

「ああ派遣さん、僕の机の上にある月報のファイルとってきてくれる？　たぶんレタートレイの一番上にあるから」

「承知しました」

週に一度の営業全体会議には営業部と営業推進部の両部長も出席する。コロナ禍が始まる前からこの会議に出席するようになった岩間の名前を、営業部長は決して覚えようとしない。岩間が営業部ではなく営業推進部の所属で、彼の部下ではないことも知らないのだろう。営業推進部の部長も我関せずを貫いている。

彼が忘れた月報（頑なにデータではなくプリントアウトを要求する）の書式を改善したのも、いま三年目の社員がプレゼンしている分析資料のデータの洗い出しをしたのも、次に説明の控える新ツールの導入計画をまとめたのも岩間なのだが、それを部長たちが知ることは多分ない。

急いで戻った岩間が背後からそっと差し出した資料を、営業部長はこちらを振り返ることなく受け取る。傍目には息がぴったりの黒衣のようだが、岩間と違い本物の黒衣は役者の弟子でありいずれ舞台デビューする――実録・正社員デビュー詐欺――いや部長の弟子なんてなりたくも――平社員は部長の弟子なのか？――万年黒衣の存在意義とは――会議で物言わぬ派遣の出席意義は――。定位置である入り口脇の予備椅子に座り、会議室の机を囲む正社員たちの背中を眺めながら、岩間は取り留めもない思考を巡らせて睡魔と闘う。

「あと他に、来期に向けた業務効率化のアイデアがある人いますか？」

そろそろ会議も終わりという頃、今日の進行役の営業課長の言葉に、何故か営業部長のやる気スイッチが入った。

「ほらそこ！　なんか出せ。会議で発言しない社員なんかいないも同然なんだぞ」

部長に突然指され、末席に座る若手たちが目に見えて青ざめた。役職が付くほど脂ぎっていくこの会議室で、まださらりと爽やかな新卒から三年目までは、本来だったらこの何も決まらない、会議という名の長い報告会で発言する機会はないはずで、完全に油断していたのだろう。

「あの、オンラインツールをもっと積極的に使って……」

「それはもう進めていることだろう。もっと違う角度からないのか？　次！」

「……すみません、今はまだ考えつきません」

「ならいつ考えつくんだ？　もっと頭を使え頭を。渡辺はどうだ？」

名指しされた新卒はマスクの下で鼻息を荒くしているが声が出ない。彼の焦りが伝播して、大会議室いっぱいに長く息苦しい沈黙が広がる。とてもいたたまれない。

「あの、よろしいでしょうか」

岩間の横に並んで座る桐ヶ谷の、美しい声が沈黙を切り裂いた。

「日報、週報、月報の他に隔週ごとの経過報告書がありますが、効率化のためにこちらを廃止できませんか。部全体で見ると月あたり作成に二十時間かけてますが、どのように活用されているのか不明で、内容は週報や月報と重複します」

岩間は驚きすぎて、桐ヶ谷の言葉がまるで頭に入ってこなかった。彼女なら自分たちがこの場で発言すべきではないことなんて、当然わかっていると思っていた。

「君は確か派遣の……」

「桐ヶ谷です」

「ほらお前ら、派遣ちゃんがアイデア出してくれたぞ、情けなくないのか⁉」

若手たちは一様に目を伏せてしまった。彼らの中で、部長ではなく桐ヶ谷への反感が生まれるのが、目に見えるようだった。

「では来週以降、隔週報告書は廃止ということで、よろしいでしょうか」

「そもそもどういう理由で隔週なんて中途半端な区切りで始めたんだ？　毎回誰か目を通してたのか？」

部長が桐ヶ谷ではなく営業部の面々を見回すと、皆が微妙な顔をしたので、岩間もすっかり経緯を思い出した。貝になった皆に代わり桐ヶ谷があっさりと答える。

「部長の要請で始まったと伺っております。現在も主に部長がご確認されているということで、現場レベルでは廃止の判断が難しかったのです」

う、と声にならない音が部長の喉(のど)から漏れ出た。若手が締め上げられるときよりなお気まずい。沈黙という重力に、皆が押しつぶされそうだった。部長の猪首(いくび)が赤く染まる。マジで激する五秒前――。

「すみません、次の会議準備があるのでそろそろ……」

恐る恐るドアの隙間から顔を覗かせた宣伝部員に後光が差して見えたのは、岩間ばかりじゃなかっただろう。

「ちょっと岩間さん！」

時間の押してしまった会議のツケで作業に忙殺されていると、営業課長に廊下へ呼び出された。

「派遣らしくちゃんとわきまえろって、桐ヶ谷さんに釘刺しといてよ。あのあと部長がすげえ機嫌悪くて、こっちは散々当たられていい迷惑だったよ」

そう言いながらも、部長のことが嫌いな課長はどこか嬉しそうだった。それは直属のお前が言えよ、とはもちろん口に出さない。

「それでもうあの会議、どっちの部からも派遣さんは出さないことになったから」

「え、そんな——あの、桐ヶ谷さんは？」

「今さっき、定時だからってさっさと帰ったよ。もうさぁ……」

ダラダラと愚痴を続ける課長の声は、ほてった耳には雑音にしか聞こえなかった。

岩間はその週末を燻るような苛立ちを抱えて過ごした。

「桐ヶ谷さん、今日どこかで少しだけお時間いただけませんか。いえ、業務のことではなく、先週のことで、ちょっと」

言外に含むまでもなく、桐ヶ谷も察しがつくはずだ。件の営業会議から、桐ヶ谷をアイドル扱いしていた何人かの営業部員たちは態度を固くしているようだったが、本人は変わらず淡々と確実に、業務をこなしていた。

「申し訳ありませんが、週報の準備で定時ギリギリになりそうなので難しいです」

「ならランチを二人で食べませんか。私も今日はお弁当なので、どこか会議室を」

「残念ですが、昼は大事な用事がありますので」

取り付く島もなかった。いくら取りまとめ役を担っていても、本来は部署も違い、マネージャーでもなんでもない岩間がこれ以上無理強いする筋合いがない。

（そもそも私が諭す義務なんかないし、彼女の契約を継続するかは会社が判断することだし）

収まらない苛立ちと同じくらいの割合で、匙を投げたい衝動もある。それらより少し小さな割合で、次に桐ヶ谷ほど有能なスタッフが来るとは限らない、仕事ができない人が来てしまったら自分の負担が増える、という打算もあった。

岩間は桐ヶ谷の退社後を捕まえることにした。

家でもできる業務を残し、急ぎの仕事をなんとか片付けると、定時後にサッといなくなる桐ヶ谷を追ってエレベーターに走った。

「偶然ですね！　私も今帰りなんで、せっかくだから駅までご一緒しませんか？」

閉まる寸前のドアに手を差し入れて無理矢理乗り込んできた岩間に、桐ヶ谷の高級アーモンドの瞳が明らかに引いていた。我ながら恐いと思う。どの口で高橋を諭すのか。

「すみませんが、急ぐので」

「私も急ぐんです」

　桐ヶ谷はものすごい早足だった。岩間も負けじと競歩のような歩き方で横に並び、傍（はた）から見たら奇妙な二人だと思う。呼吸が乱れるが、隣の桐ヶ谷は平然としている。

「先週の会議の件ですよね？　課長からも注意されましたので」

「桐ヶ谷さんはぜんぜん間違ってないんだけど、やっぱり、特にああいう場では、引くべき一線があると思うんです。せめて事前に課長か、私でもいいので相談してほしかったです」

「作成作業で私だけでも月あたり三時間無駄に取られてしまうので、これまで課長には二回ほど相談したのですが、毎回『部長に確認しないと』と言われて。会議では部長も発言を促されてましたし、どなたも何も言わないので、つい」

「ああそれはもう、課長が悪いですね。あれは名ばかり——でも、色んなことに根回しって必要じゃないですか、特に私たちのような立場では。そのためにはもう少し、周囲と関係を築く努力をしてもらえたらと思うんです」

　桐ヶ谷が容姿で目立ってしまうのは仕方がない。しかし悪目立ちすることで、桐ヶ谷だけでなく「だから派遣は」「派遣のくせに」と皆がひと括（くく）りにされる。岩間たちはひたすら目立たずでしゃばらず、使いやすく在ることで、契約更新という命綱を確保しなければならない。

「それで……ってあれ？　電車に乗らないんですか？」

桐ヶ谷は定時帰りの会社員たちでごった返す駅の改札をさっさと通り越し、駅向こうの北口へ向かっていく。

「はい、私は用事があるので、こちらで失礼させていただきます。ご助言ありがとうございました」

「いやちょっと⁉」

こんな時でもクール＆ドライかよ！　と言いたくなる衝動を、岩間はぐっと堪(こら)えた。

「あの、昼休みもよくそちらの方に行ってませんか？　もしかして通院とか？　聞いてよければですけど」

「いえ、大事な用事です。あの、本当にもう行かなければならないので」

「いまこちらも大事なことを話してるんです。仕事より大事な用事って何なんですか⁉」

「芝居の稽古です」

「しばい？」

桐ヶ谷は、会社のあるこの地区を主な拠点とするアマチュア劇団に所属していた。岩間はアマチュア劇団なるものがこの世に存在することも知らなかった。

本来なら稽古は土日だけなのだが、今日は子供たちの特別稽古をするらしい。主宰の演出家兼脚本家が体調不良のために台本が遅れに遅れ、稽古もなかなか調整できず、そこへこれまで制作を担ってくれていた女性が夫の転勤に帯同するため退団してしまった。再来月に迫った公演に向けて、ここ最近は桐ヶ谷ともう一人の団員が、稽古に加えてチラシ制作などの宣伝活動や技術スタッフとの打ち合わせといった準備のために、会社の昼休みや退勤後に飛び回っていたのだという。

稽古場として使っている区民文化センターの、トイレの個室の扉越しにそうしたことを説明しながら、桐ヶ谷はあっという間に古びたジャージに着替えた。

「もしかしてうちの会社に入ったのも、劇団活動に都合がいいからですか？」

「たまたま前の派遣先の契約が切れるときに紹介されたら、稽古場と最寄り駅が同じだったので即決しました」

「子供たちの稽古を、桐ヶ谷さんが？」

「一番演技経験が長いので主宰に頼まれて……あの、岩間さんお急ぎだったのでは？　演劇がお好きなんですか？」

「……ええ、まぁ……」

本当は劇なんて、学芸会や文化祭くらいでしか観たことがなかった。

桐ヶ谷に強く拒絶されないのをいいことに、そのままついてきてしまった。勝手に彼女のプライベートに踏み込んで、ますます高橋に顔向けできない。

「エイミーちゃんおそぉーい！」

「ストレッチと発声練習は終わってますよ」

机と椅子が退かされた広い多目的室には、小学生から中学生と思われる子供四人と、初老の男性、桐ヶ谷と同じ歳くらいの小柄な女性がいた。

「そちらは？」

「同じ会社の岩間さんです。みんな、今日こそ台詞は入ってるよね？」

あっさりにすぎる紹介だったが、確かにそれ以上説明のしようがない。皆も一瞬不思議そうな顔はしたが、特に気に留める様子もなく、台本に目を落としている。

「じゃあ一場からね。ドロセルマイヤーは上手に待機。クララとフリッツはこの椅子をツリーだと思って位置について。両親の台詞は私が。大塚さん、カメラは大丈夫？」

「オーケーです」

録画するのか、女性が三脚に据えられた小型カメラをのぞき、親指を上げる。

「マウゼリンクスとマリーは衝立の向こうで読み合わせしてていいよ」

「……だいじょうぶ、見てる」

マウゼリンクスと呼ばれた大柄な女の子はかろうじて聞き取れる声で答えると、体育座りをして台本に顔を埋めるように俯いた。他の華やかで自信ありげな子たちが軽口を叩き合って仲が良さそうなのに対し、ひとり野暮ったく浮いている。岩間は少し間隔を開けて彼女の横に腰を下ろす。

『ねえフリッツ、ドロセルマイヤーおじさんは、今年はどんな素敵なプレゼントをくださると思う?』

『城塞に決まってるよ。てっぺんに旗が立ってて、たくさんの大砲がそなえてあるかっこいいの。自動人形の兵隊が行進したり演習したり、どんな敵もやっつけるんだ』

『私は素敵なお庭がいいな。前におじさんが話してくれたような。そこには大きな湖があって、綺麗な歌を歌う白鳥たちが泳いでるの。私みたいな小さな女の子が花の形をしたマルチパンをあげると、白鳥たちはありがとうの歌を歌ってくれて……』

『白鳥はマルチパンなんか食べないよ! 馬鹿なクララ!』

『さあ子供たち、待ちに待ったドロセルマイヤーおじさんがいらしたわよ! いい子にしてらっしゃい』

桐ヶ谷の美しい声がひときわ部屋に響いた。子供たちも十分上手いと思ったが、根本的に発声が違うのは、素人の岩間でもわかる。

『おじさんがお前たちにくださったものを見てごらん。こんな素敵なものはこの世のどこにもないよ』

父親役の口調と共に見事に声音が変わる。皆が身振り手振りを交える中、ひとりだけ台本を持っていても、表情から佇まいからすべてが決まっていた。演技経験が長いと言っていたが、どれほどなのだろう。

　シーンが進んでようやく岩間はこの演目が「くるみ割り人形」だとわかった。子供の頃に好きだった〝バレリーナの塗り絵〟シリーズに入っていたのだが、どんな話かは忘れた。いま目の前では、たぶん兄であるフリッツに歯を折られたくるみ割り人形（に見立てた猿のぬいぐるみ）を介抱しながら眠りについたクララが、悪夢にうなされている。BGMはカサカサと何かが蠢く音と、夥しい数の人が囁く声、合間に金属を擦ったような耳障りな音が入る、ひどく不穏なものだった。

　一旦休憩に入り、岩間の隣に腰を下ろした桐ヶ谷はうっすら汗をかいている。両親役を担いつつ、他の三人に台詞の言い方や動作のアドバイスをして、四十分間動いて喋り通しだったのだ。

「『くるみ割り人形』って結構怖い話なんですね」

「バレエではかなり端折ってますけど、ホフマンの原作は結構怖いし残酷なんです。これはうちの主宰が原作に近付けて翻案したバージョンなので」

　汗のひかる首を反らせて水筒の水を呷る桐ヶ谷は、思わずどきりとする色気があった。岩間は心の中でもう一度高橋に頭を下げる。

「お芝居は何年くらいやってるんですか？　プロみたいですね」

桐ヶ谷は怪訝とも照れとも取れる、なんともいえない表情をすると、すぐに立体マスクを付け直す。「小学校二年からだから……少し離れた時期もあるので、十五年くらいですかね」

「じゅう、ごっ」驚きのあまり変な声が出た。「もしかして桐ヶ谷さん、演劇界では結構有名な俳優さんとか」

「まったく、そんなことはありません」

「これだけ上手くて綺麗なのに？……演劇で成功するって、難しいんですね」

「――そろそろ再開します」

桐ヶ谷が皆に声をかけながら立ち上がったので、岩間からは表情が見えなかった。

後半の練習は、待機していたネズミの女王・マウゼリンクスと人形王国のマリー姫のシーンが中心になった。ドロセルマイヤー役の男性と共に、桐ヶ谷と大塚さんが手分けして、王や王妃、占星術士、女官、少年などに目まぐるしく変わる。

その幕は、家族の友人である上級司法官・ドロセルマイヤー氏がクララたちに語る、醜いくるみ割り人形が誕生するまでの物語だった。

人形王国の王が、各国の王侯を招いて美味しいソーセージを供する宴を開こうとしたところ、城に住みつく自称・ネズミの女王マウゼリンクスと一族郎党が脂身をほとんど食べ尽くしてしまった。怒り狂った王は宮廷時計技師のドロセルマイヤーに命じて罠を作らせ、捕獲したネズミを次々と処刑した。一匹だけ罠にかからなかったマウゼリンクスは王と王妃に、これから生まれる姫を八つ裂きにすると誓って姿を消す。

美しく生まれついたマリー姫は猫を抱えた女官たちに四六時中守られたが、あるとき隙をついたマウゼリンクスに、〝不恰好に大きな頭、目玉は飛び出し口が耳まで裂けた〟、つまりくるみ割り人形のような姿に変えられてしまう。王はドロセルマイヤーと宮廷占星術師に呪いを解く方法を見つけるように命じ、二人は占いと研究で突き止めた世界一硬いクラカトゥクのくるみと、それを歯で割ることのできる少年を探して十五年ものあいだ世界中を彷徨(さまよ)った。遂に見つけた少年はハンス・ドロセルマイヤー、時計技師の従兄弟(いとこ)の子供で、クラカトゥクのくるみをそれとは知らずに保管していた。

マリー姫は自分の呪いを解けるというハンス・ドロセルマイヤーにたちまち恋をする。しかし少年がクラカトゥクのくるみを割り、呪い解除の儀式の最後のステップを踏もうとしたとき、マウゼリンクスが現れる。勇敢な少年はネズミの女王と戦い、とどめのひと太刀(たち)をあびせるが、こと切れる寸前のマウゼリンクスによってマリー姫の呪いを移される。元の美しい姿に戻った姫は醜いくるみ割り人形となった少年を拒絶し、彼は時計技師と占星術師と共に、宮殿から追い出されてしまう。

何より岩間を驚かせたのは、ひどく内気そうだったマウゼリンクス役の女の子の激変ぶりだった。

『姉王妃様、わたくしにもそのソーセージの脂身をくださいな。わたくしもこの竈(かまど)門宮殿の主、マウゾリア王国の王妃として、ご馳走を食べる権利があるわ』

『ああみんな、みんな王侯貴族に殺されてしまった！　わたくしの可愛い息子たち、伯父も叔母も従兄弟たちまで——この恨みは決して晴れぬ。永遠に呪ってやる。我が命が尽きても、七つ頭のネズミ魔王となって、呪い続けてやる』

『憎き王と王妃よ、せいぜい怯えて暮らすがいい。王妃の腹の中にいるその子供——世にも美しく生まれつく王女を、このマウゼリンクスが真っ二つに食いちぎってやるからね！』

大柄な体躯から繰り出される台詞はすごい声量で、呪詛の言葉すら気持ちいいくらいに響く。容姿の上では桐ヶ谷や、他の子供たちとの差は残酷なほどだったが、歪めた表情や動作のダイナミックさなど、存在感は抜群だった。岩間は遠い日のどこかの、頬の産毛が逆立つような昂りを思い出す。

「もっと溜めて、強弱つけて言ってみて。胸から体を反らすように意識して」

心なしか桐ヶ谷の指示も、クララたちへのそれより精緻になっている。マウゼリンクスはサウナ後のような大汗をかいていて、彼女が誰よりも全力を出しているのがわかった。

「すごく怖かった！　本物のネズミの女王みたい」

稽古を終えて倒れるようにしゃがみ込んだマウゼリンクスに、岩間は拍手を送る。

「ありが……」

元の内気な少女に戻ったマウゼリンクスは、たちまち萎縮して、声がほとんど聞き取れなかった。目線も合わない。

「お芝居はずっと習ってるの？」

「……ょうちえんから……でも、この二年くらいは、ぁんまり……」

「ああ、コロナ禍がひどかったもんね。じゃあ公演も久しぶりなのかな」

マウゼリンクスはそっと頷く。抑えられないように、マスクから覗く目元がほころんだ。

「だから、すっごぃ楽しみ……」

内気でも、とても表情が豊かな子なのだ。岩間はこの小さな発見に、とても得をしたような気分になった。

結局岩間は、稽古が終わる八時半まで、まったく興味もなかった演劇を夢中で見学してしまった。

「岩間さんはもう少し理性的な人だと思ってました」

メイクを落とした桐ヶ谷は透明感が増して一層綺麗だった。勝手に押しかけたお詫びに奢らせてくれないかダメ元で聞いてみると、意外にも桐ヶ谷は「ファミレスなら」と、あっさりOKしてくれた。

「いやあの、自分でも自分の行動に驚いてます。芝居がこんな面白いと思わなかったし」

桐ヶ谷を凝視する店員からハイボールを受け取り、小さく乾杯する。

「本番はもっと面白いです」

音に聞く天使の弓形の唇の、口角が絵に描いたように上がる。高橋が見たら尻尾を振って喜びそうな微笑みだった。

「あ、そういえばアレルギー」

「ここのメニューはぜんぶ把握してるんで大丈夫です」

「……桐ヶ谷さんこそ、もっとクールでドライな人かと思ってました。むしろ正反対ですね」

「演劇の時だけです。やっぱり、好きなんで」

「プロを目指さないんですか？　よくわからないけどオーディションとか受けてみたり？　正直テレビに出てる俳優さんに負けてないと思いました、顔も演技力も」

岩間はつい力が入ってしまった。桐ヶ谷はありがとうございます、と小さく呟く。

「プロというのかわかりませんが、大学時代にわりと人気の劇団にいて、定期公演で、四番手の役でデビューするはずでした」

「『はずでした』って、実現しなかったんですか？」

「……演出家と揉めて、退団したんです。そこからこの劇団に入るまで、しばらく芝居からは離れてました」

どんなことで〝揉めた〟のか、岩間は興味はあれど聞くのは控えた。桐ヶ谷の顔が明らかに硬ばっていた。

「岩間さん、『成功』という言葉を使ってたけど、私は必ずしもプロになることが成功だとは思わない——思わなくなったんです。元々俳優を目指して芝居を始めたわけじゃないし」

桐ヶ谷はスマホを取り出して何度かフリックすると、画面を岩間の方に差し出した。そこには見事なすきっ歯でぎこちない笑みを浮かべた、七、八歳くらいの、肉付きのいい眼鏡の少女が映っている。どこか雰囲気がマウゼリンクス役の子に似ていた。

「これ、私です」

「え」

岩間の脳裏(のうり)に整形の二文字が浮かんだが、それを見越した桐ヶ谷に否定された。

「内分泌系の病気で、ずっと太ってたんです。ほかにも親戚に〝病気のデパート〟と言われるくらい、色々な疾患を併発して、薬の副作用でいつも浮腫(むく)んでいて」

同世代の間でとことん排除されたこともあり、桐ヶ谷は極端に内向的で、人前で一切口を開かない子になった。心配した親がたまたま地域の児童センターで子供劇団が創設されることを知り、試しにと参加させてみたら、驚くほどはまった。

「児童センターの館長さんが、若い頃にヨーロッパの方で演劇の勉強を少しされてて、全身を使って自由に感情を表現する楽しさを教えてくれました。稽古では『ゾウになって泣いてみよう』とか『お母さんはどんな風に怒る?』なんていろんなお題を出されるんですけど、みんな本当に全然違う動きで。人と違っててもいい、思うままにしていいんだって」

館長だけでなく地域の大人たちも熱心だった。忙しい親に代わって送迎をしたり、発表会のために子供たちの衣装を作ったり、当日のヘアメイクも、様々な大人が手を貸してくれた。ボランティアとして参加していた元音楽教師は、元々声楽が専門で、子供たちに特別な歌のレッスンをしてくれたそうだ。

「その先生に、すごく褒められたんです。その声はギフトだよって。それからどんどん声が出せるようになって、周りの子の態度も少しずつ変わっていきました」

初めての舞台は「オズの魔法使い」で、桐ヶ谷は臆病ライオンの役だった。館長はひとりひとりに見せ場があるように台本を作り、元音楽教師はオリジナル楽曲を作詞作曲した。保護者一同で作った大道具はあっと驚く出来栄えで、「大人の本気を見せてくれました」。

演劇少女となった桐ヶ谷は元音楽教師から個別レッスンも受けるようになり、ますます夢中になった。だが小学校卒業と同時に児童センターが閉鎖され、劇団も解散してしまった。諦められなかった桐ヶ谷は、親戚の伝手(つて)で県庁所在地の街を拠点とする大きなアマチュア劇団に新たに入団した。

そこはより商業的な、ミュージカル中心の劇団で、高いレベルで踊れることも要求された。歌は抜群だが相変わらずふっくらした体型で、ダンス練習にもついていけなかった桐ヶ谷は、劇団主宰に、「努力しないものは舞台に上がる資格がない」としょっちゅう叱責されたそうだ。病気のことは誰も理解してくれなかった。若手の中には芸能界デビューを目指してモデル活動をしたり、地元ミスコンに出場したりするような子もいて、ダンス経験者も多く、桐ヶ谷はそんな彼らと常に比較されて苦しんだ。主宰は地元で影響力のある文化人で、絶対的存在だった彼に気に入られようと、稽古場以外での争いも熾烈だった。

「必死でした。踊れるようになりたくて、綺麗になりたくて。無茶なダイエットでリバウンドを繰り返してたから肌はぼろぼろで、体にも変な症状が出たり、靭帯も痛めてしまいました」

容姿をいじられることの多くなった中学では、ミュージカルを学んでいることも、さらなるからかいの元になった。桐ヶ谷は劇団という居場所にますます固執し、役がもらえなくても取り憑かれたように練習した。地元で歌のレッスンも続けていたが、舞台で発揮できる機会にはあまり恵まれなかった。やがて受験を機にようやく退団したときは、「思ってもみなかったすごい解放感で、とけそう」だったという。

「高校では演劇部のあるところに行けなくて、友達とコントを作ろうとしたり、スマホで短編映画を撮ろうとしたり、色々試したんですけどしっくりこなくて。代わりにハマったのが観劇でした」

好きな映画の脚本家が、劇団を主宰する演出家でもあると知り、他県までその劇団の地方公演を観に行ったのがきっかけだった。

「パワフルで唯一無二の、楽しい舞台でした」

以来、電車で日帰りできる範囲ならどこまででも赴いて、時には学校をサボることも厭わず、ＤＶＤや有料ケーブルテレビも駆使して、演劇と名のつくものなら手当たり次第に観漁った。

「観劇資金のためにアルバイトに明け暮れました。そうしたらいつの間にか体力がついて、免疫力も上がって、自然に体重が減っていったんです」

演劇のために猛勉強して東京の大学に入学する頃には、二人の男子から告白された。憧れ、嫉妬する側からされる側へと反転した世界で、桐ヶ谷は戸惑いながらも容姿に磨きをかけた。人気劇団の入団オーディションに受かり、たちまち研究生から正団員になった。桐ヶ谷を凌ぐ実力を持った仲間たちを何人も飛び越え、「顔だけ」「枕」と陰口を叩かれた。実力に見合わない評価をされているという自覚もあった。

「私と比べられて悩む子、すごくうまいのに演出家と相性が悪くて役がもらえない人、デブとかブスとか罵詈雑言を浴びせられて、演技以外のことまで否定される人、無理をしてぼろぼろになって、諦めるしかなかった人……それは全部、過去の私でした。自分がちやほやされるたび、過去の私が、必死になって努力したことや苦しんだことが踏み躙られて、丸ごとなかったことにされるみたいだった」

一方で、自分に与えられる典型的な〝美女役〟の空疎さにも疑問を覚えた。

「演技は感情の解像度を上げて、それを表情や声や動作で表現して、観る人に伝える技術です。感情が伴ってなかったり、意味もなくちぐはぐな言動をとったりする役は、苦痛でした」

演出家とたびたび衝突し、劇団内で孤立するようになり、そしてある〝事件〟が起きた。桐ヶ谷は少し逡巡したが、やはり何が起きたのかは言わなかった。代わりにじっとスマホの中の写真に目を落とす。「これから演劇の道に進む子供たちには絶対に、あんな思いをしてほしくない」

「今の劇団は、そういう理不尽がないんですか」

岩間の問いに桐ヶ谷は力強く頷いた。

「たまたま稽古を見たら、自分が好きだった芝居の楽しさを思い出せたんです。舞台に立って演じることそのものの気持ちよさとか、役の感情や台詞を自分のものにできたときの不思議な感覚とか。有名でもプロでもないけど、大人も子供もみんな本気で楽しんでて、いい劇団なんです」

そうか。岩間は子供たちの練習に見入ってしまった理由がわかった。

「確かにみんなとても楽しそうでしたね。マウゼリンクスの激変ぶりもすごかった」

「玲香(れいか)ちゃんですね。あの子も最初は対人恐怖症を治すために芝居を始めたんです。マウゼリンクスは大人の役の想定で、私も狙ってたんですけど、彼女がワークショップのあと立候補してきて、みんな驚きました。何であの役がいいのか聞いたら『悪役の方が言いたいことを言える。思い切り怒れるから』って」

桐ヶ谷の瞳が優しくなる。自分の過去と重ねているところもあるのかもしれない。玲香ちゃんはあの歳でどれほどの怒りを抱えているのだろう。

岩間の中で記憶の蓋が勢いよく開いた。強いスポットライトと、興奮と、羞恥——。

「……それ、すごくよくわかる」

岩間は小学生の頃、割と目立つ方の子供だった。当時は成績も上位で運動神経も良く、少し老け気味の容貌も手伝って、自然とクラスのまとめ役になっていた。学級委員にも毎回選出され、当時は無自覚の目立ちたがり屋でもあったので、ずいぶん得意になっていた。

役割が人を作る、という言葉通り、岩間は全教員が理想に掲げるような〝学級委員らしさ〟を急速に内面化していった。困っている子がいたら助ける——クラスで進んで発言する——間違ったことをしている人がいたらそう指摘する——日常生活のどこを切り取っても『さわやか3組』のエピソードになりそうな子供だった。

小学校五年生のとき、同じクラスには運動神経だけはやたらといい学年一のお調子者と、好戦的な女の子、そのライバルである喜怒哀楽の激しい子、そして彼女たちの取り巻きがいた。そのためもめ事が絶えず、学級委員・岩間の出番は多かった。思えば世話係のキャリアはこの頃から始まっていた。

お調子者が悪戯をしたり掃除をサボったりすれば、みんな先生ではなく岩間を呼んだ。冷静に注意するとお決まりのように「うるさいブス」「ガミガミババア」と悪口を浴びた。女子たちが互いのリーダーに煽られて「●●ちゃんに好きなアイドルを取られた」「○○ちゃんが私のくしゃみを笑った」と至極どうでもいい理由で対立を深めれば、岩間が仲裁に入った。その後はいつもそれぞれの陣営から、陰で「八方美人」「いい子ぶりっ子」呼ばわりされた。

そうして迎えた学芸会シーズン、学年の演目は『西遊記』で、皆に役が振られるように、主要な登場人物はすべてトリプルキャストだった。お調子者は孫悟空、リーダー格の女子と取り巻きたちは三蔵法師、あるいは敵方の女妖怪・鉄扇公主か玉面公主の役を得て（ひと悶着あった）、無難なところに収まろうとする子たちは、逃げ惑う村娘や孫悟空の毛から現れる分身の一人、変身したときのライオンの右足といった〝その他大勢〟を選んだ。

三蔵法師を期待された岩間が立候補したのは、牛魔王だった。学年最大サイズの男子が演じるもの、となんとなく暗黙の了解ができていたところへ、平均身長・平均体重、しかも女子の岩間が立候補すると、先生は難色を示した。

「うーん、なるべくこの役は男子が演じた方がいいと思うんだけどなぁ」

今ならジェンダー平等の配慮があるかもしれないが、当時は女子が当たり前のようにぴったりブルマーを穿かされた時代だ。男の子は男らしく、女の子は女らしくすべきという規範も強かった。いつもなら素直に先生に従う岩間は、それでも引かなかった。

あのとき岩間はやさぐれたかったのだと思う。問題児たちにも、彼らとの衝突を避けてぜんぶ岩間に押し付けるクラスのみんなにも、うんざりしていた。優等生の役をかなぐり捨てて、ひたすら悪役になりたかった。そして誰よりも目立ちたかった。

岩間が獲得した、二幕に登場する牛魔王Bは、避水金晶獣というキメラの霊獣に乗って孫悟空一行を上空から監視しているという設定で、舞台ではなく体育館のギャラリーからひとりで登場する役だった。

『あの目障りなチビ猿め！　わしの大事な妻、鉄扇公主を騙して芭蕉扇を盗み取ろうとしたばかりか、愛しい玉面公主を脅かし、館をめちゃくちゃにしおって。もう許せん。ぎったぎったの八つ裂きにして、火焔山に放り込んでくれるわ。邪魔な坊主と豚ども諸とも丸焼きだ。見ておれよ！』

ほとんど正面から自分を捉えるライトの強い光のほかは、すべて真っ黒な闇の中、ギャラリーから舞台上のお調子者たちにありったけの怒りをぶつけるのは、最高に気持ちよかった。「見ておれよ！」でアルミホイルを巻きつけた剣を突きつける動作は、岩間が自分で考えた。意図せずそれがライトを跳ね返し、特殊効果のように光を放ったと後に聞いた。足元の客席からは驚きと興奮が伝わり、岩間のシーンが終わると自然と拍手が起こった。

「先生や保護者の間でも評判だったそうなんです。私もしばらくは大得意で。意図せず、と見せかけて主役たちより美味しいポジションを持っていったというね」

「そこから演劇に目覚める未来もあり得たかもしれませんね」

そう言う桐ヶ谷の悪戯っぽい眼差しから、岩間は目を逸らした。

「それはないですね」

学芸会を境に、それまでは問題児たちの悔し紛れの遠吠えに過ぎなかった悪口が「目立ちたがり」に変わった。ある種の裏付けをもって皆の間に広がると、自然と岩間の耳にも入るようになった。学級会を仕切ることも、授業で発言することも、誰かを注意しても、すべて「目立ちたがり」に還元される。暗に含まれていた「ブスのくせに」というニュアンスが強くなり、隠しているつもりだった自惚れまで全部見透かされたようで、恥ずかしさが岩間をどんどん侵食していった。まるで呪文のように、「目立ちたがり」は岩間の力を奪い、縛った。やがて岩間は注目を浴びることを極力避けるようになった。

「マウゼリンクスみたいに全力で〝敵役〟を貫くような強さがなかったんですよね。だから玲香ちゃんが余計にかっこよく見えたのかも」

「牛魔王の岩間さんもきっとかっこよかったと思いますよ」

桐ヶ谷は淡々と、当たり前のことのように言う。その言葉には不思議な説得力があった。もしかしてこのクール&ドライな美女は、演劇に対してだけホットなのではなく、本来ウォームな人なのかもしれない。

「『くるみ割り人形』の本番いつですか? 観に行きたいです」

「区民ホールで十二月三週目の土日です。その前日は終日準備になるので、仕事はお休みをいただく予定で」

「三週目の……あれ、金曜日って創立三十周年パーティーの日ですよ?」

スマホのスケジュール帳の、その日の夕方から夜までを青いブロックが占めている。ホテルのバンケットルームを借りて行われる、社内最大のイベントだ。

「ああそうみたいですね。でも出社はとても無理なんです。朝からホールでセットや機材の設営があるし、音響や照明の確認をしたりで終日みっちり。子供たちもいるので夜の八時までにはゲネプロといって、本番そのままのリハーサルを終えなければなりませんし」

「今回の三十周年パーティーは部ごとのアクティビティーもあるし、総務だけでは回せないから派遣もみんな役割分担があるんです。残業手当もちゃんと出ます。それにあの会議の後に欠席なんて、それこそ部長が黙ってないと思う……なんとか他の劇団員の方と調整するとかして、前半だけでも出られませんか」

「無理です」

桐ヶ谷は表情も変えずに言う。

「私の優先順位は変わりません。私たちは所詮(しょせん)、派遣じゃないですか。会社の従業員でもないんだから、業務外のことを期待されてもこちらに縛られる義務はないと思います」

「……しょせん、か」

すっかり忘れていたこのところの苛立ちがむくむくと蘇(よみがえ)り、岩間はハイボールのグラスを手に取ったが、とっくに空だった。

所詮は派遣。自分だってそう思っているはずなのに、桐ヶ谷のような人から言われると、かろうじて自分を支えてきた突っかい棒を蹴飛ばされたような気分になる。

「あの会議、もう派遣社員は出られなくなりました」

桐ヶ谷の最高グレードのアーモンドが、怪訝そうに細められる。

「ずっと各方面に働きかけて、二年前からようやく出席できるようになったんです。そりゃ何も決まらないし、大した会議には見えないと思うけど。少しずつ、そのとき重要視されてることや問題になってること、営業の成果に繋がりそうな所を拾って、アウトプットに反映させて、コツコツ改善してきたんです」

決して出しゃばらず、悪目立ちせず、自尊心を削られても、ただの便利屋にならないように。わずかでも部内での存在感を増すために。それがきっと、他の派遣社員の立場もよくすると信じて。

「桐ヶ谷さん、少しあからさまなんですよ、『所詮こんなもの』『無駄な仕事』って態度が。あなたには仕事よりずっと大事なものがあって、この働き方を選んだかもしれないけど、私は選べなかった——この立場を選ばざるを得なかった。これからもそう。だからこそ、やられてるばかりじゃいられないって、私の仕事を大事なものにしようって……」

たとえ契約を更新されなくても、若い桐ヶ谷には次があるだろう。これだけ仕事ができるのだから、望めば正社員にだってなれるかもしれない。だが四十を過ぎた岩間には後がない。〝失われた世代〟などと勝手に呼ばれ、文句を言いたくても、誰に言えばいいのか、どうしたら届くのかもわからない。

(失われているなら今ここにいる私は、私がしてきたことは、なんなんだよ!)

「……傍目にはただしがみ付いてるだけに見えるかもしれないけど、でも」

これ以上続ければますます自分を惨めにしそうだった。自分だけは、自分を守らなければならない。

岩間は「お疲れ様でした」と伝票を取り上げると、そのまま店を後にした。

翌日会社で顔を合わせても、桐ヶ谷は何も言わなかった。あの夜の稽古の熱気も、ファミレスのハイボールも、すべては幻だったんじゃないだろうか。それくらい、会社での桐ヶ谷と岩間の関係はクール&ドライなままだった。桐ヶ谷は相変わらず社員とも派遣社員とも距離を置き、定時後はサッといなくなった。

三十周年パーティー欠席の件がじわじわと伝わると、案の定、桐ヶ谷は更なる反感を買った。美人へのジャッジはとかく両極端で、桐ヶ谷のこれまでの苦労が垣間見えるようだったが、岩間はそれ以上考えないようにした。

「私たちだって行きたくて行くわけじゃないのに、自分だけ何様なんですか?」

「あの人の代わりに誰かが営業部の役割を分担しなきゃいけないのに、分かってるんですかね」

派遣社員たちは、本人の代わりに岩間を責めるような勢いだったが、「私に言わないでください」の一言で皆を黙らせた。営業課長をはじめとする社員たちの文句にも、「そうですね」「困りましたね」と相槌を打ちながら、心の中で耳を塞いだ。

煌(きら)びやかなホテルのバンケットルームは、どこか身の置き所がなかった。

部の対抗戦の形をとったアクティビティーの間は部単位で集まっていたが、社員の表彰に移った今は、派遣社員だけで何となく隅に固まっている。壇上では岩間がかつて仕事を教えた若手や、岩間が提案したシステムを自分の功績とした同期社員が社長から金一封を授けられ、岩間はおざなりな拍手を送った。すぐ近くに陣取った正社員の女性たちは、いつもより少しいい服を着て、冬のボーナスの使い道について話している。岩間も無期雇用派遣になったときに、ボーナスの可能性を示唆されたが、この五年間に受け取った額は月収にも満たない。

一通りの全社的な企画が終わり、あとは有志の出し物を見ながら自由に飲み食いするように、と総務部員がアナウンスする。

「社員の皆様にはスペシャルな記念品があります。ご自分の名前の浸透印付きボールペンを、帰りに忘れずに受け取ってください。記念クッキーは派遣さんの分もありますよー」

喜べという圧を感じ、周囲の皆で微笑みあって小さく拍手する。

〝派遣〟は私たちの名字じゃない。私の仕事を、誰にも〝所詮〟と言わせない。

感情の解像度を上げること——それを表現し、伝えること——。

(私は今、たぶん猛烈に怒ってる)

何に？　誰に？　どうやって伝える？

岩間は赤ワインを立て続けに二杯飲み干し、バンケットルームをそっと抜け出した。

「あれ、岩間さんもう帰るんですか？」

総務に駆り出されたらしい高橋が、受付の隣の机にクッキーを入れた紙袋を並べていた。あまり仕事はできないが、高橋の〝頼みやすい雰囲気〟は、派遣社員の鑑だ。

「仕事は終わったから。このクッキーもらってくね」

「あ、ひとり一個ずつですよ」

「これは桐ヶ谷さんの分」

区民ホールの扉を開けると、ゲネプロはちょうど岩間が稽古を見た場面だった。

『憎き王と王妃よ、せいぜい怯えて暮らすがいい。王妃の腹の中にいるその子供——世にも美しく生まれつく王女を、このマウゼリンクスが真っ二つに食いちぎってやるからね！』

巨大な耳と首の詰まったドレスという衣装を身に付け、釣り上がった目や裂けた口をメイクで施した玲香ちゃんは舞台の上で、あの夜見たときよりずっと大きく見えた。桐ヶ谷が注意していた箇所がしっかり直り、深い怒りと憎しみが炸裂する。岩間の歳の半分にも満たない玲香ちゃんは、岩間よりずっとくっきりと怒りの感情を見つめ、それを表現し、人に伝えることができるのだ。

くるみ割り人形は、おそらく幼稚園児くらいの小さな子に大きな張り子の仮面を被せていて、ぎこちなさが人形らしさに繋がっていた。クララと語り合う場面では、そこにドロセルマイヤー少年のボーイソプラノがアテレコされるのだが、よくよく聞けば、それは桐ヶ谷の声だった。

『シュタールバウムのお嬢さん、もしも僕についてきてくれるなら、世界で最も美しい、お菓子の国をお見せしましょう』

『もちろんよ、ドロセルマイヤーさん。喜んでご一緒するわ！』

氷砂糖の野原やお菓子の門、レモネード河にアーモンドミルク湖、そしてマルチパン城——バレエでも原作でも、最も煌びやかで美しいシーンを、予算のないアマチュア劇団がどうするのかと心配だったが、簡素な幾何学形のセットに、オリジナルなのか凝ったＣＧが投影され、あたかも二人が歩いているかのように横へゆっくり流れていく。お馴染みのチャイコフスキーの調べに乗って〝大人の本気〟が垣間見えた。

ラストはお菓子の国の夢から覚めたクララが小さなくるみ割り人形を抱きしめながら、司法官のドロセルマイヤー氏と語り合うシーンだった。

『私だったらマリー姫みたいにくるみ割りさんを蔑んだり拒絶したりしない。どんな姿でも愛すると誓うわ』

『本当の綺麗さを見通す君の心は、呪いの力なんかよりはるかに強いだろうね。さあ起きて、降りておいで。私の甥、ハンス・ドロセルマイヤーを紹介しよう』

『ハンス・ドロセルマイヤー⁉』

　クララは不思議そうな顔でくるみ割り人形を振り返りながら部屋を出ていく。ひとり残されたくるみ割り人形はゆっくりと体を起こし、クララの去った方へ向かい跪き、そのまま崩れ落ちて動かなくなった。

　一度暗転した後で、パッと舞台が明るくなる。客席にいた数人のスタッフと、中央に座っていた——おそらく主宰だろう——車椅子の老人が拍手をすると、キャストたちが出てきて舞台に並んだ。皆の掛け声や拍手の強さで、ゲネプロが満足のいく出来だったことがわかる。マウゼリンクスこと玲香ちゃんは、十二面観音のように六つの小さなネズミの顔が並んだ冠を被ってはにかみ、桐ヶ谷はハンス・ドロセルマイヤー少年らしき男の子の背後に、彼と同じ衣装を着て立っている。子供たちを見る目がどこか誇らしげだった。

　慌ただしく保護者に連れられて帰る子供たちの中に玲香ちゃんを見付けると、岩間は夢中で駆け寄った。

「私、あなたのファンになった」

うっすらメイク跡の残る小さな目をいっぱいに見開いた玲香ちゃんと、初めて目が合った。

「明日の本番も頑張ってね」

「ぁりがとう、ございます」

困ったように眉毛を下げながら、玲香ちゃんはぺこりとお辞儀した。その声は小さくても、確かに弾んで聞こえた。

ゲネプロの興奮が収まり、桐ヶ谷たち大人は最後の調整作業をするために、衣装からジャージ姿になっている。

「びっくりしました。会社のパーティーは大丈夫なんですか？」

「自分の義務と思うことは果たしてきたので。ところでラストは原作ともバレエともちょっと違うんですね。面白かった」

バレエは夢オチで、クララがくるみ割り人形を抱きしめるところで終わる。原作は目覚めたクララのところにドロセルマイヤーの甥が訪れ、やがて二人はお菓子の国の王と王妃として幸せに暮らし、めでたしめでたし、だ。

「主宰が『観た人の中で解釈が広がるように』って……原作を読まれたんですか？」

「読みましたよ。あのあとバレエのＤＶＤも、映画も観ました。はいこれ三十周年クッキー。私の分も、みなさんと食べてください」

桐ヶ谷が二つの紙袋を受け取り、「差し入れいただきました！」と団員たちに掲げて見せると、ふっくらした老女がやったーと小さくガッツポーズした。

「ありがとうございます――岩間さん、申し訳ありませんでした。岩間さんの立場はわかっても、やっぱり同意はできませんでした」

「私も桐ヶ谷さんのスタンスはやっぱりちょっと気に食わないです。でも明日も来ますよ。最初からちゃんと観たいので」

桐ヶ谷は大輪の花が開くように破顔した。彼女の本気のマウゼリンクスも、いつか観てみたいと思った。

来週はまた件の営業全体会議がある。

課長には、「誰よりもデータとツールに明るい私が出席すべき」と言ってみようか。

部長からまた「派遣さん」と呼ばれたら、改めてフルネームを名乗ってやろう。

本当は牛魔王のように剣ならぬペンを、あの脂ぎった人たちに突きつけてやりたい。でも非常識と思われるのも癪なので、とりあえず天井を指差してみようか。悪目立ちしようが疎まれようが、自分らしく、自分の心を表すために。

「見ておれよ！」

岩間はそこそこ混み合う夜更けの下り電車の隅で、マスク越しに一喝した。車内の視線が集まってくるのを感じたが、気にしなかった。

【参考文献】

ホフマン／大島かおり訳『くるみ割り人形とねずみの王さま／ブランビラ王女』光文社古典新訳文庫、二〇一五年

寺山修司『寺山修司メルヘン全集10　宝島・くるみ割り人形』マガジンハウス、一九九五年

辻信太郎『くるみ割り人形』サンリオ、一九七九年

ダンス・デッサン

雛倉さりえ

雛倉さりえ（ひなくら・さりえ）

1995年滋賀県生まれ。第11回「女による女のためのR-18文学賞」に応募した「ジェリー・フィッシュ」が最終候補に選出される。主な著作に『ジゼルの叫び』『もう二度と食べることのない果実の味を』『森をひらいて』『アイリス』がある。

ひかりが射している。

賑やかな音楽が遠のき、今、このタイミング。

瀬木はちいさく息を吸う。舞台袖の定位置から駆けはじめ、トップスピードに達したところで舞台に飛びだした。瞬間、目が眩む。昏く霞がかったような客席に、ずらりと並ぶ幾百もの顔。板の上に視線をもどす。白い滝にも似たスポットライトの底に立っているのは、主役の狼を演じる秋野だ。黄金いろの耳と尾のついた衣裳で、烈しく踊り、歌っている。

ほかに七人いるダンサーの立ち位置が正しいことを視界の隅で確認しつつ、慣性に任せて斜め前に踏みきる。右脚をおおきく振りあげ、一気にひらく。身体を反らせ、腕もあわせ、宙に浮いた。左脚を閉じて抱えこむと、視界が廻る。後方転回。さらにもう一回。少し軸がぶれた。集中しろ、と自分を叱咤する。次の動きのことだけを考えろ。

着地したあと、間髪を容れずに右脚を振りかぶり、ダンスへ移行する。アンサンブルと呼ばれるダンサー全員で、一糸乱れず、おなじ動きを繰り返す。脚や腕の動きが、周囲より高くなりすぎてもいけない。つまさき、ゆびさきまで意識をめぐらせ、止めるべきところはぴたりと止める。

大団円のラストシーン、見せ場はもちろん主役のダンスだ。舞台の中央で、秋野は三十二回転の大技を繰り出し喝采を浴びている。ア・ラ・セゴンド・トゥール。回転のたび、汗の粒がゆっくりと、まるでスローモーションのように宙に飛び散る。光に照らされ、宝石のようにきらめく。

彼を目立たせる円形の配置で、アンサンブルは踊りつづける。大技を完璧にこなした秋野は、ひろやかな声で歌い上げながら美しく微笑む。うごきの終わりとオーケストラの音楽がぴたりと合った。頭上から、金粉のような紙吹雪が無数に降ってくる。眩い金のひかりに包まれて、俳優たちは肩で激しく息をしながら、笑顔のまま静止した。地響きのように轟く拍手のなか、幕がゆっくりとおりてくるのを待つ。

舞台の床と幕が接着した瞬間、全員すばやくカーテンコール用の立ち位置に入れ替わった。ふたたび幕があがると、まずはアンサンブルの俳優が舞台の前方に立つ。瀬木はいちばん端だ。タイミングを合わせ、礼をする。拍手がおおきくなる。すぐに後ろへ回り、名前のある役の俳優たちがスポットライトを浴びているのを眺めた。爆発音にも似た大喝采とともに、ふたたび幕がおりてくる。アンサンブルはここまでだ。

スタッフと俳優でごった返す舞台袖を抜け、瀬木は控えの稽古場へ回った。自分のストレッチマットを広げ、職人が道具を手入れするように、丁寧に身体を伸ばす。手足の筋肉は熱を含んで、ぱっつりと張っていた。マチネとソワレの二公演をこなしたせいもあって、体が重い。

最近、いまいち調子が出ない。パフォーマンスに支障が出るようなレベルではないが、終わったあとの消耗が激しいのだ。

原因はわかっている。酸欠気味の鈍く痛む頭で、瀬木はぼんやり考える。きっと、リユカ役のせいだ。出演が確定してから、もうずっと不調が続いている。次の稽古に向けていいかげん切り替えなければ、と息を吐く。

ふらつく足でなんとか立ち上がって、シャワールームへ向かった。メイクを落として汗を流し、私服のシャツに着替えて更衣室を出たところで、ばったり秋野に会った。カーテンコールが長引いたのか、まだ衣裳のままだ。瀬木に気づくとちいさく微笑む。

「お疲れ。今日も完璧だったな」

メイクは汗で縒れているものの、元の顔立ちが整っているからか気にならない。すっと通った鼻筋、うすい唇。昔の友人と似ていると感じるせいか、瀬木はいつもなんとなく彼と目が合わせられない。

「瀬木は今週で『牙の王』は終わりだよな。目に灼きつけておこうと思って、ラストの連続宙がえり見てたんだけど、やっぱりすごいよ。最高だった」

「え、ああ、いや……」

秋野の方がよほどすごい、と言いかけて、のみこむ。そんなこと、彼は言われ慣れているだろう。秋野とは研究生時代からの同期だった。ボーカル枠で入団試験に合格したがダンスの実力も確かで、七年目の現在、タイトルロールをいくつも保持している。

こういう人間こそがミュージカルに向いているのだろう、と瀬木は思う。生きるよろこび、至上の幸福を伝導するにふさわしい、おおきな花束のように存在感のある人間。徹底した作品主義で一切のスター制度を取らないこの劇団緑光においても、固定ファンのついている俳優は存在する。秋野がその筆頭だった。

高い身長と華やかな顔立ちに加え、歌唱力のみならず、演技、ダンスとそれぞれバランスの取れた実力をもつ。劇団から広報系の露出を任されていて、テレビやラジオ等にもたびたび出演しているようだった。

こめかみの汗を拭いながら、秋野は言った。

「来月から『ダンス・デッサン』のデビューだろ。そろそろ稽古に参加するんだよな」

とん、と心臓を圧されたような感覚に襲われる。

何も言えないでいると、秋野は「明日と明後日はオフだよな?」と訊いてきた。

「うん。明日は稽古の予定だけど」

「明後日、もし予定あいてたら『メグ』観に行こうよ。知り合いからチケットもらってさ」

都内の劇場が主催する、有名映画の舞台版だった。かなり評判が良いようで、メディアにもたびたび取りあげられている。

「主役は俳優の春野夕なんだけど、カン・シウだっけ、前に瀬木が注目してるって言ってた海外ダンサーも出演してて。どう、観たくない?」

「それは観たいけど。行かないの、彼女とは」

「友だちともう行ったんだって。それに観終わったあと、瀬木と感想とか喋りたいし」

またLINEする、と笑って秋野はシャワールームの方へ歩いて行った。途中、ストレッチ中の俳優たちと楽しげに肩を叩きあいながら。

秋野がなぜしょっちゅう自分に話しかけてくるのか未だによくわからない、と瀬木はぼんやり考える。研究生時代、いやもっと昔から、瀬木はひとりで過ごしてきた。人付き合いが得意ではなく、友人らしい友人も今はいない。誰かに話しかけられてもなんと答えれば相手が満足するのかわからず、いつも途方に暮れてしまう。他者と関わる機会を避けつづけていて、劇団内のイベントや飲み会にも参加したことがない。仕事以外の用事で話しかけてくる俳優は秋野くらいだった。

ロッカーの荷物をまとめ、裏口から外に出た。十一月のひんやりとした夜気が頬を撫でる。駅のホームはそこそこ混んでいた。疲れきった様子の若いサラリーマン、大学生らしい女の子、スマホゲームに夢中の年配の男性。このなかにはきっと先ほどまで劇場にいた観客たちもいるのだろうと思った矢先、リュックに『牙の王』のロゴストラップをつけた女性のふたり組がこちらへ歩いてきた。瀬木はとっさに顔を伏せたが、彼女たちは気づかない。

電車の暗い窓に反射する自分の姿をぼんやり眺める。シャツにスラックスという会社帰りにも見紛う恰好に、百六十二センチの小柄な体軀。顔立ちはうすく、秋野のような覇気やオーラは微塵もない。さっきまで劇団緑光のミュージカルに出演していたのだと言っても、ここにいるひとたちは誰も信じないだろう。

数十分電車に揺られ、横浜郊外のアパートに帰宅する頃には十時をまわっていた。ソワレに出演すると、いつもこのくらいの時間になる。家賃五万円のワンルーム。家具家電は冷蔵庫、ベッド、座卓など必要最低限だった。いびつな岩にも似たトレーニング用の器具が床に点々と散らばっている。劇団本部の稽古場に近いという理由だけで契約し、研究生のオーディションに合格してからの七年間、ひとりで住みつづけている。

冷凍してある白飯と作りおきの惣菜をあたためて食べたあと、狭い浴槽に湯を溜めてゆっくり浸かった。布団にもぐりこみ、読みかけの本をひらく。気に入りの本屋で購入した、イラン人作家の長篇小説。

就寝前の読書は中学生の頃からのルーティンだった。なるだけ自分から遠い場所、知らない世界の話をえらぶよう努めてきた。文字を追っているあいだ、日々おなじ物語を演じつづける身体が異国の空気にゆるゆると溶けだしてゆく気がして、ほど良く気分転換になった。

けれど今日は物語に集中できなかった。今日だけじゃない。ここしばらく――『ダンス・デッサン』に、リュカ役で出演することが決まった日から、ずっと。

ロングランで公演が続いている人気作への出演。誰しもが立てる舞台ではない。それも、名前付きの役だ。アンサンブルの枠で踊りつづけてきた自分にとって、またとないチャンスだろう。

それなのに、どうしてこれほどまで心臓が重たいのだろう。初出演に対するプレッシャーだろうか。わからない。新しく立つ舞台の前にこんな気持ちになるのは、初めてだった。

読書を諦め、瀬木は電気を消した。金粉に似た紙吹雪の残像が、まなうらでいつまでも輝いていた。


音楽が鳴っている。

真夜中のカーニバル。丘の上で眩くひかる、一夜かぎりの祝祭の国。

すぐそばに、同じようにひかりを観ている子がいる。緑がかった瞳と白い喉をもつ、うつくしい少年。

ふたりは無心でひかりを見つめる。紅、みどり、青、銀、むらさき。鮮やかな箱庭めいたセットや、色とりどりの衣裳を纏ったひとびとが歌い踊る景色に、心底から焦がれながら。

そうして願わくば、自分自身もそのひかりの一部になりたいと感じながら。

ふいに少年が瀬木の手を握りしめ、どきりと心臓が跳ねる。昂揚（こうよう）の熱を帯びた彼の指さきを、瀬木はとっさに握り返した。彼がひかりに連れていかれないように。今度こそ、強く。つよく。

——理人（りひと）。

呟（つぶや）くと同時に、目が覚めた。まどろみかけていた意識が、すこしずつ明瞭（めいりょう）になってゆく。月曜早朝の電車。灰いろのスーツ姿のひとびとで車内はごった返している。ちょうど目的の駅に着くところで、ホームに降り立つ乗客のなかには、知った顔の俳優たちもちらほら混ざっている。

駅を出て大通り沿いにしばらく進み、住宅街に入る。背の低い集合住宅や戸建（こだ）てが並ぶ道を歩いてゆくと、ふいに視界がひらけた。無骨な倉庫にも似た、飾り気のないコンクリート造りのおおきな建物。ここが劇団緑光の本部であり、稽古場だ。

守衛に会釈（えしゃく）して入館し、ホワイトボードで今日の稽古場スケジュールを確認したあと更衣室をめざす。早朝にもかかわらず、館内を歩く人間の数は多い。俳優から社員、美術スタッフやスーツ姿の経営部までさまざまな役職の団員が行き交う。

練習着に着替え、上級バレエレッスンがおこなわれる稽古場へ向かった。壁も床も防音と衝撃吸収効果のある木材で覆われていて、どこか学校の教室を思わせる。室内にはすでに俳優たちがあつまり、各自でストレッチを始めていた。

ひととおりの柔軟を済ませたところで、講師の片山が入ってきた。引退した元緑光の俳優で、かつて海外のバレエ団に所属していた経験もある小柄な女性だ。歳は五十を過ぎているが、所作は無駄なく研ぎ澄まされ、艶のある低い声で俳優に檄を飛ばす姿をよく見かける。半年前、『ダンス・デッサン』のオーディションに瀬木を推薦したのは彼女だった。

　瀬木の前を通り過ぎた片山が、ふと立ち止まる。

「瀬木くん、こっちに来るの珍しいじゃない。いつもはジャズレッスンでしょう」

「あ、はい。たまには、と思って」

「もっとしょっちゅう来てくれてもいいんだよ。ほぼ未経験からの上達例として、後輩たちに見てほしいからね」

　本気か冗談かわからず返事に窮しているあいだに、片山は俳優たちの前に立った。挨拶と一礼のあと、まずはウォーミングアップ。俳優たちはバーの傍に立ち、スピーカーから流れる音楽に合わせて片山のうごきを正確になぞってゆく。つまさきからゆびさきまで、意識をめぐらせる。身体の内側をたしかめてゆく。脈打ち、湿り、濡れた肉の洞。もちあげたり、下ろしたり、のばしたり、たわませたりしながら、違和感がないか、きもちよくうごかせているか、ストレッチを通して自分自身に問いかける。

　劇団の稽古場では、好きなレッスンを選んで無料で受講することができる。研究生時代にバレエはさんざん踊ったのでいつもはジャズダンスを選んでいた。三歳から習っていた器械体操とちがい、バレエは大学生のときにすこし齧った程度で、本格的に始めたのは劇団の研究生になってからだった。

身体を一個の自律する運動機構として運用する体操と、身体を美しく見せることを目的に重力からの脱出をめざすバレエ。身体のうごかし方が根本的に違っていて最初は戸惑ったものの、柔軟が得意だったこともあり、しだいにバレエ独自の表現にのめりこんでいった。

既存の振り付けに、いかに正確に従うことができるか。先人によって定められた理想の型に、どれだけ自分の肉体を近づけられるか。バレエの哲学は、劇団緑光の理念にも通じる。緑光のミュージカルには、個性など必要ない。自分独自の表現なんて以てのほかだ。ただひたすら、自分の役割に忠実に奉仕するのみ。

絵画と絵具。小説と言葉。脚本と俳優の関係も同じだ。緑光では、作品の脚本がはじまりであり、すべてでもある。僕たちはそれを支える道具に過ぎない、と瀬木は考える。必要なのは、機械のような正確さだけ。

「はい、そこまで。みんなお疲れ様」

片山の声で、音楽が止まった。グループレッスンはここまでだ。あとは各自で個人レッスンに取り組むか、配役に応じて別の稽古に参加する。

朝が早かったので、早めに昼食を摂ることにした。二階の食堂で食券を購入し、いつもどおりカレーとポテトサラダを注文する。

食堂の壁は一面が硝子張りになっていて、樹々を透かした葉洩れ日が机や床に躍っている。まだ時間帯が早いからか、人はまばらだった。台本を片手に珈琲をのむ女性や、談笑しながら野菜ラーメンをたべている若い男の子たち。会社の社員食堂と見紛う風景だが、俳優は皆社員ではなく、個人事業主だ。

俳優たちは劇団と外部委託の契約をむすんでいる。請け負っているのは、各演目への出演事業。原則として一年間の契約で、毎年更新となる。とうぜん、契約条項に違反すると解除となる。

その他は、いわゆる普通の会社員となにも変わらない。通常業務としての公演と、それに随伴する稽古の繰り返しの日々。

会社員である以上、替えの利かない職務があってはならない。代わりはつねに用意されている。たとえ主役の俳優が体調不良や怪我で穴をあけたとしても、その日の公演は支障なく遂行される。緑光の俳優はいかなるときも補塡され得る。

職業としての綺羅。

業務としての祝祭。

必要なのは特別な才能ではない。

日々の「業務」に飽きることなく丁寧に従事する根気と、劇団が求める品質のパフォーマンスを三百六十五日発揮できるだけの実力。

天才の芸術ではなく、会社員の業務としての舞台業。自分が替えの利く存在なのだという認識は、むしろ瀬木を支えている。ひとびとの度肝を抜く唯一無二の才能も、みずみずしい若さも、緑光ではほとんど意味を成さない。僕を舞台に立たせているのはセンスでも感情でもない、と瀬木は思う。毎日黙々と磨きつづけてきた自分の技術。それだけだ。

求められる力を磨き、維持するための設備は、会社がすべて用意している。大小合わせて十ある稽古場にトレーニングジム、予約制の個人レッスンルーム。休演日でも休日でも、いつでも参加できるレッスンプログラムが毎日開催されている。医務室はもちろん、整体院も本部内に設置されているし、食堂のメニューは完璧に栄養管理がなされている。

業務に専念し、集中できる環境が整備されていること。それがこの劇団に所属する最大のメリットだ、と瀬木は考えている。給与面も、いまは安定している。外部委託の基本契約金と、毎回の出演にともなうギャランティ。タイトルロールをいくつもこなす秋野には遠く及ばないだろうが、瀬木は現状で満足だった。金は大事だが、必要最低限でいい。ほしいものはなにもない。自分の技術を突きつめ、磨きあげることのできるこの環境がなによりもありがたい。

食べ終わった食器を返却台に置いて、食堂を出る。午後いちばんはアクロバットのレッスンだ。廊下を行き交う俳優たちに混ざり、瀬木はまっすぐ稽古場をめざす。

「じゃあ、頭からもう一度」

講師の言葉に瀬木はうなずき、こめかみをつたう汗を手の甲で拭った。

にぎやかでアップテンポな音楽とともに、足を踏みだす。ここから七分間、ダンスとアクロバットで絶えずうごきつづけることになる。宙がえり、側転、姿勢をもどしてアンサンブルに混じり、足並みをそろえて群舞を踊る。もっと高く。もっと速く。もっと。筋肉の繊維が伸びる感覚。骨が快く軋み、世界がまわる。

着地と同時に、すばやく視線をめぐらせた。右斜め前で踊るダンサーに目が止まる。すばらしくキレの良い動きだ。のびやかにしなる手足から繰り出される所作はひとつひとつが大ぶりで、迫力がある。踊りながら顔を盗み見ると、やはり相川だった。瀬木より五つ上で、劇団内でもずば抜けた実力をもつベテランダンサーだ。出演中の『ダンス・デッサン』は今日は休演日のはずだが、休みの日でも稽古場に顔を出すのが習慣になっているらしい。

踊り切ったあと、いったん休憩を挟むことになった。スポーツドリンクをのみながら相川が、「お疲れ」と声をかけてくる。

「さっきの側転よかったよ。こっちの稽古くるの久しぶりなのに、やっぱりすごいな」

晩秋にもかかわらず日焼けした顔で、相川は笑った。がっしりとした筋肉質の身体と、百七十センチの身長。瀬木とおなじアクロバット枠のダンサーで、主役を演じることはすくないものの、劇団にとってなくてはならない存在の俳優だ。今回の公演でもダンスリーダーを担っている。

「僕はまだまだ、全然です。相川さんこそ」

「まあ俺は、毎日出てるから。次はトマを演るしな」

つぎに瀬木が出演する予定の『ダンス・デッサン』は緑光でもっとも人気のある演目のひとつだ。初演以来、全国各地で二十年近いロングラン公演が続いている。今回の東京公演は、開幕からすでに三ヶ月ほど経っていた。

主人公トマの友人であるリュカ役に片山から推薦され、劇団内のオーディションで合格したのが半年前。そこでひととおりのレッスンは受けたものの、開幕後はこれまで何度もリュカを演じてきた相川と星野というベテランが交互に出演していた。

瀬木は変わらず『牙の王』に出演しつづけていたが、今のアンサンブル枠で新人俳優がデビューすることになったため、本格的に『ダンス・デッサン』に参加することになった。そして長年リュカを演じつづけてきた相川が、今回トマに抜擢されたのだ。

「それにしても瀬木は、なんでもっと早くこっちに回してもらえなかったんだろうな。アクロバットも安定してるし、ダンスも仕上がってるし、いつでもDD出られるだろ」

「いえ。そんなこと、ないです」

開幕時よりも、興行中の公演でデビューする方が遙かにハードルが高い。経験のある俳優から成る舞台にひとりで参入し、しかもそれまでと同等以上のクオリティを保たなければならないからだ。

とくに公演歴の長い『ダンス・デッサン』は、古参の客や熱心なリピーターも多い。オーディションに合格し、何ヶ月も稽古を積んでデビューしたものの、実力不足と判断され初日でおろされた俳優もたくさんいる。

「まあ、デビューまでまだ一ヶ月あるだろ。なにかあったらいつでも話を聞くよ」

「ありがとうございます」

頭を下げると、相川はひらりと手を振って去っていった。仕事にのめりこみすぎてパートナーに愛想を尽かされ、去年離婚したらしいと噂されているのを食堂で耳にしたことがある。実情はともかく、熱心な先輩は得がたい存在だ。

休憩のあと講師の指示でバーにつかまり、開口発声の訓練を全員でおこなった。『ダンス・デッサン』はタイトルどおりダンスがメインの演目だ。二時間ほぼ動きっぱなしで、派手な大技が振り付けにいくつも組みこまれている。キャストはダンスやアクロバットの実績をもつ俳優中心に編成されるが、とうぜん歌や演技の実力も必須となる。

講師のカウントに従って息を一気に吸いこみ、二秒間停止、そのあと五十カウントかけてすべて吐ききる。肺を体内いっぱいに拡張させ、体腔(たいこう)のすきまにも酸素をひと粒ひと粒押しこんでゆくイメージで呼吸する。

腹式呼吸の訓練のあとは発声だ。あくびをするときの口のかたちで喉をひらき、一音ずつはっきり区切って声をだす。台詞を喋るときも、歌をうたうときも、これが緑光での共通のやりかただ。

体を楽器として、声という音を奏でる。緑光の俳優なら、たとえダンサー枠の俳優でも、息継ぎなしで明瞭にワンコーラスを歌いきらなければならない。母音のかたちに口をうごかし、全身を肺として呼吸する。

自分がほかの俳優より得意分野が偏っているという自覚はあった。歌唱については最低限の水準に達しているというだけで、ダンスやアクロバットと比べるとどうしても経験が足りない。

けれどいったん舞台に上がれば、経験不足という言い訳などできない。観客にとっては、どのキャストもおなじ劇団緑光の俳優だ。公演のクオリティが俳優の力量によって左右されることは、あってはならない。

歌、ダンス、演技、舞台のセット、オーケストラ。ミュージカルを構成するいくつもの要素のうち、もっとも重要なのは言葉だ。緑光の創設者のひとりはそう語った。

脚本の台詞や歌の歌詞は、大勢の人間によって徹底的に吟味され、選び抜かれた言葉から成る。シンプルでわかりやすく、それでいて感情移入しやすい言葉たち。俳優たちはそれら珠玉の言葉を、一音たりとも取りこぼしてはならない。すべて生の完璧な状態で、言葉を声にのせて観客に届けなければならないのだ。

腹に力を入れ、息の塊(かたまり)とともに声を宙に放つ。

ミュージカルは発音がすべて。

どんなに心をこめた言葉でも、正しく伝わらなければ意味がない。

伝わらなければ。

伝えなければ。

瀬木は呼吸をくりかえす。

なにかに、すがるように。祈るように。


カーテンの隙間から陽が射している。

火曜日の午前九時半。目覚ましのアラームを切っていたせいか、いつもより数時間遅い起床だ。ふた月ぶりのオフだしまあいいか、と瀬木は寝返りを打った。

スマホを見ると、母からの不在着信の表示が出ていた。すこししてＳＭＳでメッセージがとどく。

『年末、茜(あかね)は司(つかさ)さんと実加(みか)ちゃんといっしょに帰ってくるって。到(いたる)はどうするの？』

ため息を吐いて、目を瞑(つむ)る。

仙台(せんだい)の田舎にある実家には、めったに顔を出さない。会うとかならず、母親から小言を言われるからだ。妹の茜はとっくに結婚して去年娘も生まれたのに、おまえは子どもどころか結婚もまだなのか、と。

体育大学を出たあと劇団緑光の研究生オーディションに合格したときも、その一年後に最終試験をクリアして正式に劇団メンバーとなったときも、両親はとても驚き、喜んでくれた。アンサンブルとして初めて舞台に立った日は、慣れない新幹線に乗って駆けつけてくれた。

「到が緑光のミュージカルに出られるなんて」とうれしげに繰り返していた母親の態度は、三年が過ぎるころになるとすこしずつ変わってきた。

脇役ばかりではなく、主役をやりたいとは思わないのかと不満げに訊かれたり、「一体いつまでふらふら暮らしてるつもりなの」と直に詰められることもあった。なにげない会話のなかで、同級生のあの子は結婚した、家を買った、といった話題を持ち出してくることがやたらと増えた。

茜にも愚痴をこぼしているようで、「人前に立つ職に就いて、ちょっとは明るく朗らかになってくれるかと思ってたのに、何も変わらないじゃないの。今でも充分ありがたいけど、もっと派手な役をもらえればまた違ってくると思うんだけどねえ」などと嘆いていたそうだ。

「気にしなくていいと思う。お母さんなりにお兄ちゃんを心配してるだけだよ」と茜は言っていたが、母の望む生活を送れる見込みは未だなく、しばらく実家から足が遠のいている。

『仕事の予定がまだわからないから』

そう返信して、ベッドから降りる。シャワーを浴びたあと、かるく筋トレをしてプロテインとオートミール、キウイの朝食を摂った。着替えやタオルをつめたリュックを背負い、家を出る。

数十分ほどバスに揺られて、体育館に似た施設の前で降りた。自動ドアをくぐると、室内にそそりたつ十メートルの壁が視界いっぱいにひろがった。コンクリートの壁面には、色とりどりの小石にも似たホールドが無数に埋めこまれている。平日の午前中だからか、客の姿はほかにない。人工の峡谷を、高い窓から射す光が斜めに照らしている。

クライミングジムに通うようになったのは、一年ほど前からだ。ネットでボルダリングの広告を見つけて試しに行ってみると、性に合っていたのかたちまちのめりこんだ。今は五メートル以下の壁を使用するボルダリングではなく、用意されたロープを使用して高い壁を登るトップロープクライミングを中心におこなっている。

「瀬木さん、久しぶりだね。お元気でした?」

受付に立っていたのは店長だった。ジムの使用料を払い、靴とチョーク、ハーネスをレンタルする。

「最近、ちょっと仕事が忙しかったので」

「へえ。あれ、そういえば何系のお仕事されてるんでしたっけ」

「……舞台関係です」

店長は「ええ、すごいじゃない」と驚いたように笑った。

「照明とか音響とか、裏方っていろんな役割の人がたくさんいるんですよね」

　どう返せばいいのかわからず瀬木が口ごもっているあいだに、店長はてきぱきと道具をそろえてゆく。

「五番の壁、昨日変えたばっかりだから。よかったら登ってみて」

「わかりました。ありがとうございます」

　更衣室で運動用の服に着替えて、腰にハーネスとチョークバッグを装着する。クライミングシューズを履いて、五番の壁の前に立った。三階建てのビルと同等の高さの垂壁。登攀の起点となるスタートホールドに書かれたデシマルグレードと呼ばれる数字と、ホールドの着色によって難易度が示されている。すこし悩み、ひとまず中級者向けのルートを登ることにした。

　オートビレイのロープをハーネスに装着して、スタートホールドに手をのばす。本来クライミングは、ビレイヤーと呼ばれるロープの調節をおこなう役割の人間とクライマーのふたりでおこなうものだ。けれどオートビレイという機器を使用すればひとりでも登り降りが可能になり、他者の力を借りずとも登攀に集中することができる。

　次のホールドを目視で確認しつつ、バランスを取りながらなるべく速度を保って登ってゆく。つまさきの位置、ホールドを摑む手の方向、体重をぐっと引きあげるための膝の動き。自分の動きをすみずみまで把握し、肉体を道具として用いる。アクロバットをおこなうときとおなじ感覚だ。自我も悩みも、ひとときのあいだ消え失せる。いちばん上まで壁を登るという、たったひとつの目的を達成することだけ考えればいい。

最後のホールドを保持して、クリアした。手を離して思いきり壁を蹴ると、ふわりと一瞬、床から十メートルの宙に身体が浮く。落下する直前、オートビレイが作動してロープがぴんと張った。そのまま壁を蹴りながら、ゆっくりと下まで降りてゆく。今度はすこし難度をあげたホールドを選んで、ふたたび登りはじめた。

チョークをまぶした指さきが、まっ赤に充血している。膝にも相当な負荷がかかっているだろう。体のあちこちが軋みをあげてちいさくこわれてゆくのを感じながら、瀬木はひたすら登ってゆく。

なぜそんなにも、自分の身体を痛めつけようとするのか。誰かにそう訊かれたらなんと答えるだろう。クライミングだけじゃない。仕事の稽古だってそうだ。アクロバットはもちろん、ダンスも、発声も、俳優たちは日々、大小さまざまな傷を身体中にちりばめながら生きている。

緑光の俳優として劇団も観客も納得するクオリティのパフォーマンスは、膨大な練習の果てにしか顕現しない。人間に可能なぎりぎりのライン。これ以上はこわれてしまうという身体の限界。そこを突きつめた者だけに滲みでる、鋭さや、緊張感や、切実さのようなものがきっとあるはずだった。

なにより、と瀬木は思う。

　自分の身体を傷つけることに没頭している間は、ひどく安心する。苦しい。やめたい。落下してしまいたい。そう思うときも、なんどもある。それでも、やはり快いのだ。あがってゆく息が、おもくなってゆく腿（もも）が、流れる汗が、不快なはずなのに、精神は穏やかに充足している。くつろいでいるときの安寧（あんねい）や、娯楽を消費しているときの浅い快感とは根本的に異なる、どこかに狂いを滲ませた、得体のしれない怪物にも似た悦楽。淫蕩（いんとう）な贖罪（しょくざい）。

　肩で息をしながら、さいごのホールドに触れた。心臓が信じられないほど速いスピードで脈動している。指さきは痛みを通り越し、じんわりと痺れていた。

　飛び降りる直前、振り返って辺りを見わたしてみた。そそりたついくつもの壁に穿（うが）たれたホールドは、カラフルな腫瘍（しゅよう）のようだった。あるいは、むきだしの臓器。新鮮な肉塊のように、てらてらとあざやかに濡れひかっている。

　不気味なくらい、美しい景色だった。

　きっと誰にも理解されない。それでいい、と瀬木は思う。たったひとり、僕だけの世界。僕の地獄。

　背中からゆらりと宙に倒れこむと、ロープは正しく作動して瀬木を支えた。

その夜、待ちあわせの日比谷(ひびや)駅にあらわれた秋野は、あかるい空いろのニットと上質そうな黒いコートを纏っていた。クラッチバッグと靴はつやつやした革製で、指にはおおぶりのスクエアリングが嵌(は)められている。

舞台以外の場でも衆目(しゅうもく)をあつめる男だな、とぼんやり思っていると、こちらに気づいた秋野が手を振った。

「ごめん、瀬木。電車が遅れてて」

駅構内を早足で通り抜けて、劇場の入っているビルをめざす。開演十分前を切っているからか、劇場のエントランスに人は疎(まば)らだった。入場口近くで、すらりと長身の男性と黒いワンピースを纏った女性が、関係者らしいスーツのひとびとと話している。

「なあ。あそこにいるの、梨島浮遊子(なしじまふゆこ)じゃない?」

秋野がそっと耳打ちしてくる。

「ほら、女優の。隣は誰だっけ、映画監督の……。すこし前にニュースになってた人」

「ふたりとも見たことないけど」

「いやいや、有名だよ。瀬木、そういうのほんと疎(うと)いよな」

呆れたように息をつく秋野に、瀬木は言う。

「芸能人なら緑光の舞台も観にきてると思うよ。秋野だって、なんどもテレビの取材受けてるだろ」

「それはまあ、仕事だから。でもなんていうか、ああいう本物の芸術家みたいな層は、うちにはこないよ。たぶん」

何度も振り返ろうとする秋野を引っぱるようにして、客席に足を踏み入れる。それほど良い席ではないと秋野から聞いていたものの、一階上手のセンター寄りで、着席しても舞台が見切れることはない。客層はこういった劇場には珍しく各世代偏りなく揃っている印象で、中高生の姿も多い。

「若い人もけっこういるね。『ダンス・デッサン』と客層が似てる気がする」

「たしかに。そういや俺、緑光以外の舞台観るのひさしぶりかも。なんか緊張する」

ブザーが鳴り、オーケストラのチューニングとともに客席のざわめきがすこしずつ静まってゆく。照明が落ちて、幕の前に立つ若い男性がスポットライトで照らされた。春野夕。早熟の天才と呼ばれている十代の俳優で、テレビで何度も観たことがあった。端整な顔立ちと、朗々と低く艶のある声が印象的だ。

幕が上がると、鮮やかなセットが目に飛び込んできた。一九三〇年代のニューヨークをテーマに組まれたらしいセットは、建物から背景の書割まで彩度が高く、玩具の街のようだった。ターコイズグリーン、レモンイエロー、スカーレットや他にもさまざまな色のドレスを纏ったアンサンブルが一気に躍りでて、群舞をおこなう。以前、テレビで見て気になっていた韓国のダンサー、カン・シウもいる。連続で側転したあとダンスに加わるが、全くブレがない。
　春野がふたたびあらわれ、アンサンブルを従えて舞台の中央で歌いながら踊る。体幹をかなり鍛えているらしく、動作のひとつひとつに安定感がある。跳躍の高さもあり、大技もつぎつぎにこなしてゆく。余計な動きも多く洗練されているとは言いがたいが、ありあまる体力に任せた力強いダンスはたしかに迫力があった。十九歳の若さであれほど踊れて歌も巧いのなら、天才の謂いも妥当だろう。

　映画で有名なフレーズをオーケストラがなんども繰り返しながら、物語は進行する。舞台はつねにカラフルで、色彩も質感も、演者の声もきわやかで華々しい。客たちは目当ての俳優があらわれるタイミングでオペラグラスを一斉に上げるので、誰が誰のファンなのか一目瞭然だった。やはり俳優の集客力が強いのだろう。緑光の舞台でもよく見る光景だが、違いはより明らかだ。

　拍手につつまれ、一幕が終わった。客席があかるくなると、秋野はおおきく伸びをした。

「思ってたより良いね。あんなに踊れる俳優だって知らなかった」

「振り付けはかなりバレエに寄ってるね。演技も巧かった」

「メインキャストは舞台未経験の芸能人ばっかりって聞いてたから、あんまり期待してなかったけど」

「うん。子どもたちも集中してた」

そういえば、と秋野が言う。

「瀬木が人生で初めて観たミュージカルってなんだった?」

ふいに喧騒が遠のいた。

遠くで音楽が鳴っている。色とりどりの衣裳を纏った、神さまみたいな踊り手たち。

睫毛の先にひかりをやどして、無心に舞台を見つめる少年。

熱い指さき。

「……緑光の『ダンス・デッサン』」

「えっ、じゃあ念願のデビューになるわけか。すごいな」

三十分の休憩が終わり、二幕開演前のブザーが鳴った。ふたたび客席が暗くなる。

生まれてはじめて瀬木がミュージカルを観たのは、中学一年生の夏だった。学校行事として、劇団緑光の地方公演を学年全員で観にいったのだ。

瀬木は、クラスメイトの中山理人とならんで二階席に坐った。彼と仲良くなったきっかけは覚えていない。積極的にひとにかかわろうとしない性格のせいでふたりともなんとなく周囲から浮いていて、クラスの端に追いやられるように、気づけばいっしょに過ごすようになっていた。

観劇の日に交わした会話は、いまでも細部まで覚えている。開演前、ミュージカルを観るのは初めてだと瀬木が言うと、理人は自分は二回目だと答えた。

——昔、母親に連れて行ってもらったらしいんだけど、小さかったから記憶になくて。今日、到といっしょに観られてすごく嬉しい。今度は死ぬまで覚えていたいな。

理人がつづけてなにか言おうとしたとき、幕が上がった。瞬間、ふわりと光があふれる。舞台は、昏い劇場にぽっかりと浮かぶ天国の庭園のようだった。エメラルドグリーンの樹々に彩られた箱庭で、けざやかな衣裳を着た神さまのようなひとびとが歌い、踊る。

『ダンス・デッサン』の筋は単純だ。主人公とその友人が、おなじ女性に恋をする。当時の瀬木は、話の筋よりも、華やかなセットやドレスよりも、踊り手のうごきに惹(ひ)かれた。それはほとんど、不可能の持続だった。空間と時間を装飾するような、優美なダンス。ひとつひとつの所作、動作、声、それらすべてが巧緻(こうち)の極みの一点で完璧に組み立てられ、しかもその奇跡のような現場を、ほかの誰でもなく自分自身が、今、目撃している。

——あなたが好きだと、どうして今まで気づかなかったんだろう。

高らかにひびく俳優の歌声に聞き惚(ほ)れていると、手になにかがふれた。みると、理人が瀬木の指を握っていた。強く、つよく。力をこめて。白い肌のなめらかな感触に一気に鼓動が速くなる。

おもわず隣に顔を向けると、理人は頬を紅潮させて食い入るように舞台を見つめていた。瀬木の手を摑んできたのは、おそらく無意識だろう。虹彩(こうさい)のなかに色とりどりの光が反射して映りこんでいる。みどりや金や蒼(あお)の宝石を熔(と)かして鋳(い)こんだ、それじたいひとつの宇宙のような瞳から、ふいにひと粒の滴がこぼれた。その様子があまりに美しくて、貴くて、瀬木は一瞬、舞台すらも忘れて理人に見とれた。熱く昂る指さきを、こわれないようにそっと握り返す。

重量感のある合唱が朗々と響きわたり、我に返った。

気づけば『メグ』は終盤にさしかかっていた。偶然、勘違い、思いこみ、すれ違いなどによって、主役の男女ふたりの運命は交差し、離れ、また近づく。よく練られた脚本を、俳優たちは寸分の狂いもなく丁寧に演じてゆく。

物語の盛り上がりは最高潮に達し、あちこちから啜り泣きの声が洩れる。中学生くらいの子どもたちも、ハンカチを目にあてている。

ミュージカルを観ると、なぜ涙があふれてくるのか。

脚本は舞台の基底を成すが、ト書きと台詞だけでは感動は生まれない。

生身の人間がつくる、一瞬間の景色であるからこそだろう。それは映画や小説やほかの文芸ジャンルと、演劇を隔てるちがいでもある。

俳優たちがこの瞬間、観客の前で全力で生きている。その様をありありと観ているという事実に対する素朴な感動が、まず第一にある。

かれらは今、呼吸をしている。

歌をうたっている。

踊りをおどっている。

汗を滴らせながら。顔を紅潮させながら。力の限り。

俳優たちの不断の努力の果てに顕れる人間離れした技巧の数々は、かれらの人生そのものだ。目の前で繰り広げられる純粋な生の一形態、その厳しく孤高の、堂々たる在り様と儚さを尊く思い、観る者は涙を流すのだろう。

歌や踊りによって華美に誇張された感情と、緻密な計算の上で構成されたプロット。そんなものがたりという偽りの生を通して、逆説的に人間のいとなみの本質がもっとも純真なかたちで立ち現れる世界。それがミュージカルなのだ。

物語は大団円を迎え、コーラスの声が厚みを増す。色と質感の洪水、どこまでも伸びてゆく歌声と、たっぷり焚かれたスモーク。残酷なほどあかるく、きらびやかで、どこか危うく、おぞましい。胸が苦しくなる。そのくせ、目が離せない。

演劇は生きている者たちだけに許された遊戯だ、と瀬木は思う。書き留めることも、かたちに残しておくこともできない。一瞬ごとに生まれては消える、なまものの美。生者が生者を見つめることで成立する、現世の楽園。

大喝采につつまれる俳優たちを眺めながら、瀬木はゆっくりまばたきをした。

終演後、秋野に夕食の店を予約してあると言われ銀座に移動した。平日の夜、ごった返す交差点を抜けて大通りから坂道の路地へ入る。「ここだよ」とこぢんまりした店に案内された。内部は意外に細長い造りになっていて、最奥の個室に通された。部屋は仄暗く、真鍮製らしいペンダントライトの光が美しい木目のテーブルをやわらかく照らしている。秋野が「ごめん、男ふたりで来るところじゃないよな」と笑った。

「今、彼女にプロポーズする店を探してて。最初は高層ビルのレストランを考えてたんだけど、落ち着いて指輪を渡せる個室もいいかなって、下見を兼ねて選んだんだ。代わりに今日は奢るからさ」

なにが食べたいかと訊かれてメニューを見たが、片仮名ばかりでよくわからない。任せると答えると、秋野は慣れたしぐさで店員を呼び、いくつか品を注文した。

「結婚式はいつ挙げるの」

「できれば一年以内には。っていうかまだ、プロポーズ成功してないからな。十中八九受けてくれるとは思うけど、緊張するよ」

アルコールを少しずつのみながら、秋野はつづける。

「結婚の話は前から出てたんだけど、貯金もやっと貯まってきたし、もし子どもが産まれてもやっていけるかなって思ったら決心がついた。瀬木は最近どう？　恋人いるんだっけ？」

瀬木は首を横に振る。

「親は結婚しろって言うけど、しないと思う」

「俺たちもいい歳だしな。でもたしかに、瀬木が結婚指輪つけてるところはあんまり想像できないかも」

運ばれてくる料理をつまみつつ、秋野は指輪選びに難航した話や同棲(どうせい)のための準備について楽しげに喋りつづける。相槌(あいづち)を打ちながら、そういえば自分は誰かと付き合ったことが一度もないな、と瀬木は思う。

学生時代、女子生徒から好意を告げられることは何度かあったが、その都度理由をつけて断ってきた。女性に対する興味や性欲が、人よりうすい自覚はある。そういう話題を振られると、なんと返せばいいのかわからずいつも困った。

「瀬木は、ひとりで暮らしてて寂しくない？　誰かといっしょに暮らしたいとか思わないの？」

「あまり思わないかな」

「そうか。瀬木っぽいなあ」

秋野は面白そうに言う。

「昔から瀬木は仕事ひと筋だもんな。だけどそれなら、もっといろんな役を受けたりしないのか？　もったいないよ。次のＤＤが初めての名前のある役じゃない？」

どきりとした。片山にも似たようなことを言われたな、と思い出す。

半年前のある日、稽古が終わったあとにひとり呼び出され、面と向かって「ＤＤに出演する気はない？」と訊かれたのだ。

——あなたの履歴を見たけど、団内オーディションを今までほとんど受けてないじゃない。レッスンを見るかぎり実力も充分以上だと思うけど、なにか理由でもあるの？

——なんというか、あまり向いていない気がして。

——プリンシパルのプレッシャーに弱い？　それともやる気がない？

——いえ、そうではなくて……。僕よりも向いている俳優はきっと、たくさんいるから。ちゃんとした人に演じてほしいというか。

すこし考えたあと、片山は口をひらいた。

——オーディションには私から推薦しておくから。実力に見合った役のレパートリーを増やすことは、劇団員の義務です。過ぎる卑下は甘えとおなじよ。向上心がないのなら、ほかの俳優たちのために道を譲らないと可哀そうだわ。

「……やる気がないわけじゃない。初めての役に挑戦するときは、いつもわくわくする。なのに今回はなんでこんなに心が重たいのか、自分でもよくわからなくて」

瀬木は呟くように言う。

「たぶん、名前つきの役よりも、アンサンブルの方が僕は向いてるんだと思う。舞台の中心に立つよりも、劇団からの指示に沿って黙々と働いていたい」

ふうん、と秋野はグラスを傾ける。

「目立つ役が向いてないとは思わないけどな。オーディションの倍率だって高かったんだろ？　まぐれで受かる役じゃない。せっかく勝ち取ったんだから、大事に演じろよ。持ち役は多いに越したことはないし」

「たしかに、秋野は持ち役いっぱいあるよな。秋野がいなくなったら緑光が立ち行かなくなるくらい」

「それはちがうよ。きっとすぐに元どおりになる」

三杯目のワインをのみながら、秋野は淡々と言った。

「俺の代わりは大勢いる。俺だけじゃない。俳優は全員、替えが利く。当然だ。そうじゃなきゃ、うちは会社としてやっていけない」

だけど、と彼はつづけた。

「今の立ち位置にいるのは、やっぱりプレッシャーが大きいよ。最高練度の技量を保っていないと、すぐに才能のある後輩やベテランの俳優に役を奪われる。それに、緑光の俳優じゃなくて、俺個人のパフォーマンスをひとつの作品として評価されたい、っていう気持ちもずっとあるし」

緑光の演劇は芸術ではない、という舞台批評家は多い。

訓練によって俳優の資質を一定以上に保つシステムを構築し、個人の才能や個性に依拠しないという意味で、緑光は自社の演劇を芸術作品ではなく、均質化されるべき商材であると見なしている。

日本全国、どの劇場で観てもおなじクオリティの演劇体験を提供するという企業のコンセプトに則った価値観だが、仕事をつづけるうちに自身の考えと劇団の理念が乖離してゆき、退団に至る俳優も多い。

「恋人ができて、あらためて思ったんだよな。ほかの誰かじゃなくて彼女でないと駄目だ、っていう気持ちがわかったっていうか。大げさだけど、ファンの人たちにとって俺もそういう存在になりたいって気持ちが出てきて」

「緑光を辞めたいと思ってる？」

「今はまだ。でもいつかは退団して、今日観た『メグ』みたいな、キャストの集客力が高い舞台に立ちたい。作品だけじゃなくて、俺の演技を目当てにきてくれるファンを、もっともっと増やしたい。誰かに求められるって、やっぱり幸せなことだと思うから」

グラスを干し、秋野は息を吐いた。

劇団緑光の俳優はつぎつぎと補塡されてゆく。自分でなくては成立しない、という職ではない。それを苦痛だと感じる俳優は、おそらく秋野以外にも大勢いる。

瀬木はむしろ、反対だった。自分はひとつの歯車に過ぎないと考える方が楽だ。求められるものを、板の上で職人のように正確に差しだせばいい。

この仕事が芸術かそうでないか、あるいは自分が個人として観客に求められているのかどうか、瀬木にとってはどちらでもよかった。自分の技術を日々磨くことが、なによりたのしい。稽古を重ねるほど、確実に経験が蓄積されてゆく。肉体が鍛えられてゆく。それで充分だった。

店を出たのは日付が変わる直前だった。秋野は「明日も本番だから」とタクシーをつかまえた。いっしょに乗っていこうと言われたが断る。久しぶりにたくさん話したせいか、顔がほてっている。熱をさますために、すこしひとりで歩きたかった。

「瀬木も稽古あるのに、遅くまでごめんな」

「いいよ。気をつけて」

そう返し、すこし考えてつけたす。

「プロポーズ、成功するといいね」

秋野はおどろいた顔をして、それから「ありがとう」と笑った。

大通りの方へタクシーが去っていったあと、駅に向かって歩き出す。

繁華街では、たくさんのひとびとが楽しげに騒いでいる。歌いながら歩く若者のグループ、恋人同士らしい男女、酔っぱらって肩を組んでいるスーツ姿のサラリーマンたち。

——誰かといっしょに暮らしたいとか思わないの?

秋野に問われたとき、瀬木は躊躇(ちゅうちょ)なく否定した。

人生をともに過ごしてほしいと、自分が誰かに願う資格などない。瀬木は思う。ましてや家族をつくることなど。

どれだけそばにいても、相手がほんとうはなにを考えているのか、察することはむずかしい。あのときもそうだ。彼がなにに苦しんでいたのか。なにを望んでいたのか。僕はなにも知らなかった。気づけなかった。

すれ違いざま、男の肩がぶつかった。すみません、と互いに会釈をして、瀬木はそのままなんとなく立ちどまる。

何百メートルもの高層ビル群が、夜のなかで美しくそびえていた。オレンジや白の灯りが窓から正しく四角く洩れている。スクランブル交差点のそばの大型ビジョンには生命保険のコマーシャルが映っている。巨大な顔で笑いあう家族。それぞれの目的地をめざして縦横無尽に道路を渡るひとびとの頭上を、流行りの軽快な音楽が流れてゆく。

僕は未だに人間がわからないまま、人間を表現する舞台に立っているのかもしれない。

ふたたび歩きだすとたちまち人の流れにのまれ、工場のレーンで運ばれてゆくように駅へ向かった。

小学生のころから、瀬木は他人と過ごすことが苦手だった。教室のざわざわした雰囲気がきらいで、昼休みはしずかな図書館に逃げこみ本を読んで過ごした。放課後に通っていた器械体操の教室にも人はたくさんいたけれど、ひとりで黙々と取り組める自主練習の時間は好きだった。

　中学に上がると、体操以外のスポーツも経験した方が良いと両親に勧められ、陸上部に入部した。けれど上下関係が厳しく、同級生ともそりが合わずに疎まれ、三ヶ月も経たずに辞めた。退部して正解だよ、と理人は笑った。

　――学校も部活も、人生の暇つぶしなんだから。どうせなら、すこしでもたのしいと思える場所にいたほうがいいよ。

　中山理人は、ふしぎなクラスメイトだった。ほかの子たちのように騒いだり、テレビや漫画の話で盛りあがったりせず、異性に関する話題にも興味がなさそうだった。ながい睫毛の下の黒くうつくしい瞳を、いつも怠(だる)そうに宙に向けていた。

　顔立ちは整っているものの愛想が悪く、クラスメイトには不人気だった。意外なほど成績が悪く、遅刻も欠席も多かった。

　家庭の事情が入りくんでいて、「異母兄弟が五人いる」「父親から虐待を受けている」などの噂も流れていたが、面とむかって聞いたことは一度もなかったし、理人も自分の家のことは話題にしなかった。

　無理にでも訊いておけばよかったのかもしれない。ずっとあとになって、瀬木は何度もそう思った。なにか困っていることはないか。苦しいこと、つらいことはないか。僕は味方だと、理人を助けたいという意志があることを伝えるために、そう訊いておけばよかった。

アパートのドアをあけると、饐(す)えた匂いが鼻をついた。換気のために窓をあけはなつと、ふいにスマホがふるえた。秋野からのＬＩＮＥだ。

『今日は付き合ってくれてありがとう。オフもらえたらＤＤ観にいくから、それまで降ろされるなよ』

こちらこそありがとう、と返し、スマホを充電ケーブルにつなぐ。脱いだシャツを洗濯機に放りこみ、沸かしたばかりの風呂に浸かった。外気で冷えた皮膚を、熱い湯がじわじわと嚙んでゆく。

あふれた湯がゆるやかな渦を巻いて排水口に吸いこまれてゆくのを、ぼうっと眺めた。浴槽の壁をつたう流れ。床のタイル地にきざまれた細かな凹凸(おうとつ)。宙を舞う湯気の微粒子。排水管を落ちてゆく水の音がやけにおおきい。

理人とおなじクラスだったのは一年生のときだけだった。進級してしばらくはメールのやり取りをつづけていたが理人からの返信がやがて途切れ、それきりになった。なぜ返事がないのか気になったものの、しつこく追いすがるのもためらわれてそのままにしていた。

理人が自宅のマンションから飛び降りたのは、中学三年生の八月だった。

夏休み明け、クラスメイトが話しているのを聞いて初めて、瀬木はそのことを知った。二年生のときから、理人がクラスでいじめにあっていたことも。彼の家庭環境が、瀬木が想像していたよりずっと複雑で、何年も前から父親と兄に暴力を振るわれていたことも。

――瀬木は何も知らなかったの？　前は、中山とよくいっしょにいただろ。クラスメイトのひとりに問いつめられたが、瀬木はなにも言えなかった。いっしょに給食を食べていたときも。図書室でそれぞれ本を読んでいたときも。窓際でつまらなそうに授業を受けていたときも。ならんでミュージカルを観ていたときも。理人のつらさは一秒も絶えていなかったのに、僕は何も気づかず、平然と隣にいた。

彼はいつも、どんな表情をしていただろう。なにを話していただろう。あんなにそばにいたのに、記憶はぼやけ、かすれていた。

高校生になってからも器械体操はつづけ、いくつかの大会で賞をもらって、体育科のある大学へ推薦入試で進学した。大学は、それまでの学校生活に比べて居心地が良かった。ひとりで過ごしていても奇異な目で見られることもないし、構内のどこで食事を摂るのも自由だ。黙々と体操と勉学に打ちこみ、四年間を過ごした。

卒業後は劇団緑光の研究生オーディションを受け、ダンサー枠で合格した。オーディションを受けることを決めたときは、家族や教員からは激しく反対された。それだけの実力と実績があれば、もっと安定した道はいくらでもある、と。とくに母親からは「よりによって、なぜミュージカルなの？」と詰問(きつもん)された。

――歌もお芝居も、やったことないんでしょ。舞台の上ではずっと笑顔でいないといけないし。正直、到の性格には合ってないと思う。思い付きでめざせる世界じゃないのよ。

――思い付きじゃない。ずっと準備してきた。

高校生のころから年に数回の観劇をかさね、大学時代はアルバイトで金を貯めて専門スタジオで声楽レッスンを受けてきた。とはいえ、ミュージカル俳優を本気で志（こころざ）すことを決意し、公言したのは、卒業間近のタイミングだった。

瀬木の武器はアクロバットだけだった。子どものころからの夢として訓練を積んできた他の俳優志望者たちとは、観劇回数も実力も、ミュージカルに対する熱意もきっと比べものにならない。

それでも瀬木は、舞台に立つと決めた。

理人に関する記憶は年を経るごとにどんどん風化していった。当然だ。十三歳の一年間、おなじ教室で過ごしただけの相手にすぎない。声。顔。仕草。指さきの体温。

忘れたくない、と強く思った。

理人の死を知ったとき、瀬木は泣かなかった。泣いて、楽になって、忘れてしまうことを、自分に許さなかった。

どうすれば、ずっと覚えていられるだろう。中山理人が、かつてたしかに存在したという事実を。彼といっしょに過ごした時間を。彼に対して抱いていた気持ちを。そして結局、彼を救えなかった自分の愚かさを。

僕は、最後まで僕自身のことしか見ていなかった。理人の所作や言葉や体温によって揺らぐ自分の感情に夢中で、彼のほんとうの苦しみ、彼のほんとうの傷をたやすく見過ごした。何事もなかったかのようにふるまうことはできない、と瀬木は思った。そんな人間として、自分自身を生きてゆくことには耐えられない。

ひとつだけ、はっきりと残っている記憶があった。

理人といっしょに観た舞台。あのときの彼の瞳の耀きは、ふかく小さな傷痕として、心臓の最奥に刻まれている。

ならば、あの場所をめざそうと思った。

舞台の光に包まれているかぎり、僕は理人を、自分の罪を、忘れないだろう。この職を志すことを決めた理由が、彼の存在そのものなのだから。

バスタオルで濡れた身体を拭い、スウェットを着る。ベランダに出ると、十一月のつめたい夜気が流れこんできた。遠いビル群の赤い光を眺めながら、瀬木はちいさく息を吸う。いよいよ明日から『ダンス・デッサン』の稽古が始まる。理人といっしょに観た、とくべつな舞台。

緊張する必要はない。憂鬱になる理由もない。アンサンブルという歯車から、名前つきの役というあたらしい歯車に変わるだけ。瀬木はそう自分に言い聞かせる。今までどおりのやり方でいい。仕事に没頭し、舞台にすべてを捧げること。劇団のメソッドに沿って、技術を日々磨きつづけること。

それでいい。瀬木は小さく呟く。

街の光はまばたきもせず、静かにこちらを見つめている。


「瀬木くん！　声ぜんぜん出てないよ。しっかりしなさい」

片山の叱責が飛び、瀬木は額の汗を拭った。

「アクロバットは充分、ダンスも良い。でも発声と両立させないと意味がない。皆でもういちど、最初から」

ほかの俳優たちの視線を感じながら、瀬木は位置に戻る。

デビュー予定日まで、あと二週間を切っていた。実力不充分と演出関係者から判断されれば、その時点で出演は延期になる。焦るな、と瀬木は自分に言い聞かせる。ひとつひとつの動作に集中しろ。講師に言われたことを忠実に守れ。

　七分間のダンスパートを踊り終えると、すぐにコーラスに移る。アクロバットパフォーマンスの質を上げるほど体力は削られ、ソロパートを歌いきるための声量の維持が難しくなる。それに加え、今回のリュカ役の歌はこれまでアンサンブルとして参加してきたものとは比べものにならないほど音程がむずかしかった。

最低限の水準はクリアしている。

けれどそれでは足りない、と片山は言う。

「台詞にも歌にも、瀬木くんの思いが乗ってない気がする。ひとつひとつの言葉の意味をしっかり考えてみて。誰に届けたいのか、誰に伝えたいのか。もっと声を張って。もっと、もっと。瀬木くんにできなければ、ほかの俳優がやるだけよ」

ちぎれそうなほど肺が痛む。みぞおちもずきずきと重たい。酸欠のせいか視界が揺らいだ。倒れないよう、臍の下にぐっと力を込めて踏ん張る。

結局その日も、片山からOKが出ることはなかった。シャワーを浴びて着替えたあと更衣室のベンチでぼんやりしてると、後ろから声をかけられた。

「大丈夫か？　片山先生の声、廊下まで聞こえてたよ」

秋野だった。スポーツドリンクのペットボトルを瀬木に渡しながら、彼は笑う。

「研究生時代と比べたら、こんなのなんでもないだろ。だいじょうぶだよ。瀬木なら絶対、デビューできる」

頑張れよ、とのこして秋野が去ったあとも、瀬木はしばらくベンチから立ちあがれなかった。無理に声を張りすぎて、喉にしこりのような熱がのこっている。いつもより余分に力が入ったのか、腿も鈍く痛んだ。

たしかに秋野の言ったとおり、研究生時代の肉体的なつらさは今とは比較にもならない。すさまじく過酷な一年だった。早朝の稽古場清掃から始まり、夜は十時すぎまで、演技、歌唱、ジャズダンス、タップダンス、バレエ、アクロバット、そのほかあらゆる種類のレッスンに明け暮れた。

昔から、体力だけは自信があった。体操のおかげで肉体的な苦痛にも慣れていたし、地道なトレーニングに対する持久力や忍耐も持ちあわせていると思っていた。けれど、研究生としての生活が始まると、そんなちっぽけな自負心はたちまち崩れて消えた。講師役の俳優の怒声を浴びながら、自分のスタミナのなさに呆れ返る日々だった。毎日ほとんど瀕死の状態で帰宅し、気絶するように眠り、朝になるとよろめきながら家を出た。プライベートの時間などどこにもなかった。丸一年、すべてを稽古に注ぎこんだ。

たしかに日々は地獄だった。

けれどなにより楽な地獄だった、と瀬木は思う。

毎日、自分で自分を屠っていた。自傷するように。あるいは、贖罪のように。苦しかったが、楽でもあった。なにも考える必要がなかったから。理人を忘れないため、ミュージカルの舞台に立ちたい。それだけだった。それがすべてだった。一日ごとにひどく傷つき、滅び、絶え間なく果てつづけた。それが生きているということだった。死んで、死んで、死につづけて、そうやって息をつないだ。

あれから五年が経つ。今更、挫けることも自棄になることもない。自分の実力と、求められるものの差を冷静に見つめ、稽古を積んで埋めてゆくだけだ。

懸念があるとすれば、フィジカルの部分ではない。

瀬木はベンチから立ち上がり、荷物をまとめて稽古場を出た。つくりもののように円い月が、都市の光に白んだ夜空に貼りついている。息を吐くと、宙に白く拡散した。夜気は刃のようにつめたい。

――台詞にも歌にも、瀬木くんの思いが乗ってない気がする。

片山の言葉がよみがえる。

その瞬間、稲妻のような震えが背骨を伝った。

ようやくわかった。

僕は、ずっとこわかったのだ。名前のある役を演じることが。

アンサンブルは過酷だが、ある意味で楽だった。何も考えず、苦痛の中にただ身を投じていればよかった。刀を研ぐように自分の体を丹精していれば、おのずと技術は向上した。けれどやはり僕は、秋野のようにはなれない。なりたいと思うことができない。

大きな役を演じることに、後ろめたさがある。

だって、と瀬木は思う。

僕はあのとき、手を伸ばせばとどく距離にいた理人を、救えなかった。

今はただ虚しい贖いと悦楽のあわいで、舞台に淫しているだけだ。

そんな俳優が、観客の目の前に立って「人生の感動」や「生きる喜び」を伝えることなど、本当にできるのか。僕自身が、そんなもの端から信じていないのに。

理人のことを忘れないために、ミュージカルを選んだはずだった。それだって本当は、自分の人生の使い道を思いつかなかったから、彼に理由を押しつけただけなんじゃないか。理人を言い訳にして、自分の道を決めたんじゃないのか。

リュカとして『ダンス・デッサン』の舞台に立つ資格が、僕にあるのか。

くもりなく輝く月のもと、瀬木は足を引きずるように歩いてゆく。


カレーとポテトサラダの載ったトレイを受け取り、瀬木は隅のテーブルについた。午後三時前の食堂は、閑散としている。外の静かな雨音だけが、室内に鈍く響いている。

本番まであと数日。休んでもなかなか疲労の熱が取れず、心身が鈍く軋みを上げている。

秋野はほんとうにすごいな、と瀬木は思う。あれほどたくさんの大きな役をもちながら、ひとつひとつを完璧に仕上げている。業務遂行の義務のもと、自らの夢を絶え間なく叶えつづける日々。

それに比べて、と息を吐く。僕はたったひとつの役に対する気持ちの整理すら、うまくできないでいる。覚悟ができないまま舞台に立っても、うまく演技できるとは思えない。もしかすると、記憶の中のあの公演をも傷つけてしまうんじゃないか。今からでも、辞退すべきなのだろうか。

ぼんやりとカレーを口に運んでいると、「瀬木」と声をかけられた。

振り返ると、相川だった。

「大丈夫か？　最近あまり顔色が良くないな」

コーヒーの入ったタンブラーを机に置き、彼は向かいに腰を下ろした。

言ってもいいのだろうか。逡巡（しゅんじゅん）する間もなく、気づけば口に出していた。

「体調は大丈夫です。ただ、もしかしたら、僕は舞台に向いてないんじゃないかなって、最近考えていて」

相川はぽかんとした顔で瀬木を見て、それから声をあげて笑った。

「五年間もアクロバットのトップダンサーとして踊ってきた奴が、いまさら何言ってんだ。片山先生に怒られるぞ」

すみません、と瀬木は口の中で呟くように謝った。耳まで熱い。こんなこと言うべきではなかった。

ひとしきり笑ったあと、相川が言った。

「瀬木は、舞台に立つのは好きか？」

「……好きというか、アンサンブルとして働くことが、とても楽でした。でもそれで正しいのか、よくわからなくなってきて。そもそも僕自身、ミュージカルの舞台に立ってはいけない人間だったのかもしれない、って」

相川はしばらく黙ったあと、「俺、去年離婚したんだけどさ」と口をひらいた。

「奥さんだった人もな、ずっと俺のこと応援してくれたんだよ。優しい人だったのに、それでも俺はやっぱり、相手の気持ちより自分の仕事を優先しちゃってさ。子どもをつくるのも今じゃないな、って思っているうちに気づけば何年も経ってたし。そりゃあ愛想も尽きるよな」

なんと返せばいいのかわからず瀬木が黙っていると、相川は続けた。

「みんな、舞台のせいで俺の人生がめちゃくちゃになったって言うけど、俺からしたら人生めちゃくちゃになって、最後に舞台が残っただけだよ。俳優であることを悔やんだことは一度もない。ろくでなしだと言われようが、俺は俺の仕事が好きだよ」

瀬木の顔をまっすぐ見つめ、相川が言った。

「完璧な人間なんていないよ。私生活がボロボロの俳優なんて、緑光にも大勢いる。でも客席からは、見えるものしか見えないんだから。どうせぜんぶ嘘で、幻なんだ。そんなの最初からみんなわかってる。だから俺たちは、客に見てほしいものだけさしだせばいいんだよ」

コーヒーを飲み干し、相川は立ち上がった。「帰ってから食うつもりだったけど、瀬木にやるよ」と、去り際にコンビニの袋を渡してきた。あけると、中に焼きプリンがひとつ入っている。甘いものが好きだったのか、と思わず口元がゆるむ。一口ふくむと、じんわりと甘く安っぽい香りが舌の上いっぱいに広がった。

相川さんだけじゃない。みんなきっと、何かしら抱えているのだろう、と瀬木はぼんやり考える。

俳優だって観客と同じ、この世界で生活している人間なのだ。家賃を払ったり、恋人にプロポーズをしたり、離婚したり、些事で悩んだり、過去に囚われたり、そうやって暮らしている。舞台の上で起こる奇跡など、現実にはどこにも存在しないと誰もが理解している。それでも、僕たちは歌詞のとおりに、喜びを歌いつづける。生きるのをやめるよりも、生きてゆく方がたのしいのだと。

根拠もなく、無責任に。高らかに。

時計を見ると、午後の稽古がもうすぐ始まる時間だった。空になった容器をもって、瀬木はゆっくりと重い腰を上げる。

息を止めて、筆先を瞼のきわにあてる。そのまますっと横に引き抜くと、ナイフの刃先のようにするどい黒い線が生じる。

瀬木はあらためて、鏡のなかの自分を見つめた。うしろになでつけた黒髪はワックスでつやめき、顔の皮膚はファンデーションとパウダーで均質にととのえられている。

「開幕二十分前です！」

廊下を走るスタッフの声が、楽屋まで響きわたった。瀬木は立ち上がり、のろのろと舞台袖に向かう。

予定どおり『ダンス・デッサン』デビューの許可が下りたのは、つい二日前だった。稽古に稽古をかさねてぎりぎりまで粘り、なんとか片山や演出家たちを納得させることはできた。

とはいえ、今日の舞台次第では明日以降の出演が取りやめになる可能性もある。期待されている以上のパフォーマンスを、観客だけではなく関係者にも見せなければならない。

なにより、と瀬木は思う。

僕は、僕自身を納得させられるようなパフォーマンスができるだろうか。

舞台袖に集まった俳優たちに、スタッフから今日の客の入り具合や連絡事項が伝えられる。言葉がうまく頭に入ってこない。周りのざわめきからも耳を閉ざし、自分の呼吸だけに集中する。こんなに迷いが残っている状態で、舞台に立ってもいいのだろうか。致命的な失敗をしてしまうのではないだろうか。

「瀬木」

肩を叩かれ、振り返るとトマの衣装を纏った相川だった。

「楽しみにしてる。頑張れよ」

ふかく頭を下げると同時に、開幕間近の客席アナウンスがひびく。幕の裏がわで、俳優たちはそれぞれの立ち位置についた。客席の照明が落ちてゆくのがわかる。瀬木は深呼吸をして、肩の力を抜いた。

脈が速まってゆく。技術が基準に達していたとしても、きっと僕には言葉にできない、目に見えないものが、まだ足りていない。今まで隠しつづけてきたその欠落が、この舞台でみんなに見抜かれてしまう気がした。僕の絶望が、舞台を通して客席にも伝わってしまうかもしれない。

逃げ出したい気持ちとは裏腹に、幕はじりじりと動きはじめる。客席上部から、閃光にも似たライトがまっすぐ舞台を射る。客席は光でしろく烟っていて、ひとかたまりのおおきな生きもののようにも見えた。何千対もの眼球を具えた、まなざしの巨大な化けもの。兆した恐怖をふり払うように、瀬木は息を吸う。

相川が歌いだした。瀬木も加わる。ひとり、ふたりとコーラスが増えてゆく。

主人公のトマと親友のリュカ、そしてリュカの恋人であるアリスの三人を軸に、物語はすすむ。ダンサーであるトマとリュカは踊りのなかで出会い、踊りを通じて関係を築いていった。一九二〇年のパリを舞台に展開される、三角関係、恋愛、友情。いくつもの要素が絡み合うなか、互いを思いやるあまり、三人の関係はすこしずつひずんでゆく。

台詞は最低限で、キャラクターの感情は歌声にのせてあらわされる。

——きみがいれば、ぼくはしあわせだ。

——よろこびが、しあわせが、こんなにもあふれて、今。

——生きてる、それだけでぼくは、たまらなくうれしい。

うまく情感を込められているだろうか。客席からの視線が、刃のように全身に突き刺さる。

焦り、怯え、すべてを全員に見透かされているような感覚。冷たい汗が背中を流れる。気負うほど、音がずれてゆく気がする。そんな気がするだけだ、と瀬木は自分に言い聞かせる。余計なことを考えるな。ほかの俳優の声を聞け。落ち着いて、音程を取れ。

なんとか歌いきり、息吐く間もなくダンスパートが続く。一幕中盤の見せ場、リュカがナイトクラブでダンスを踊る場面だ。台詞がないかわり、激しいアクロバットが連続する。最低限の助走で踏みこみ、床についた右手を軸に身体をひねりながら跳躍する。左脚を振りきったとき、身体がすこし流れた。慌てずに軸をととのえ、四回連続の後方転回へ向けた予備動作へ移る。身体を反らせ、宙に浮く。視界が廻る。繰り返す。足が少しずれる。つづいてもう一回転。またずれた。気にしている暇はない。さらに一回。なんとか成功し、最後にもう一度跳んで、着地する。

周りの音がきこえない。顎の先から、ぼたぼたと大粒の汗が滴った。

いったい僕は、なにをやっているんだ。

ひどいありさまだ。相川も舞台袖で呆れ果てているだろう。観客だって、きっと。

体勢をととのえながら顔をあげると、最前列に坐る子どもと視線がぶつかった。おおきくひらいた目に光を反射させながら、まっすぐ瀬木を見ている。

瞬間、舞台上が静止した。背景も俳優も客席も、すべてが一転し、子どもの瞳のなかに吸われてゆく。

あらゆる色彩を含みこんだ、美しいふた粒の球体宇宙が虚空に浮かぶ。やがて球の裏側から繊い血管がひょろりと生え、糸のような神経がめまぐるしく交錯しながらのびてゆく。逆再生のように大小の内臓がぽこぽことうまれ、背骨から発生した鳥籠そっくりの稠密な肋骨がそれらを囲う。頭蓋の伽藍に皺の寄った肉塊がおさまった瞬間、白くなめらかな皮膚が内臓と骨を覆ってゆく。

脣はふっくらと赤く染まり、整った鼻梁、花弁にも似た二枚の瞼、眼のふちには睫毛が芽吹き、そうしてあらわれた理人は、瞳をつかって世界をみる。音をきく。まばたきをする。

わかっている。

すべて幻だ。

けれど、もしも。静止したまま、瀬木は思う。

もしも、この公演を、理人のように人知れず苦しんでいる誰かが観ているとしたら。

僕は僕の演技によって、その子が暗い場所へ降りてゆくことを止められるだろうか。

いや、ちがう。

なにがなんでも、なんとしても、止めなければならないのだ。

屋上から一歩踏みだすその瞬間に舞台のひかりを思いだして、ほんの数秒、足を止めてくれるように。つぎの公演を観るまで生きてみよう、と思ってくれるように。そうやってすこしずつ、ぎりぎりのところで、人生をつづける力を渡せるように。

音が戻る。

瀬木は客席から視線を逸(そ)らし、次のダンスの体勢へ移行した。

理人がいま、ここに坐っていたなら。僕の願いはたったひとつだ。嘘でもいいから、美しい言葉で充(み)たしてあげたい。今だけでもつらいことを忘れて、舞台に見入ってほしい。それだけだ。それだけのために、僕はここまでやってきた。

一幕のクライマックス、クラブのドアをあけはなち、アリスとトマがあらわれる。大勢のアンサンブルが一斉に踊りだし、その中心で主役の三人は歌う。

瀬木は大きく口をあけて、叫ぶように歌う。一音、一音、くっきりと。腹の底から声を出して。

――あなたがいて、ほんとうによかった。

――生きたいとおもうことに、理由なんかいらない。

――あなたが好きだと、どうして今まで気づかなかったんだろう。

虚構の向こう側から、いくつもの台詞を通して、ひとつの願いを瀬木は叫びつづける。

どうかあなたに生きていてほしい。

それは、かつて言えなかった言葉。

今度こそ、伝えなければ。歌にのせて。踊りにのせて。

照明の色彩がちかちかと変わり、テンポの速い賑やかな音楽にのって、アリスとトマの歌声が劇場にひびく。リュカはダンスを担当する。言葉はもう必要ない。最後まで踊り抜くだけ。高く跳ぶだけ。高く、もっと高く。

すべては終わったことだ。もう間に合わない。どうしたって、理人はもどってこない。

それでもこれが、僕自身の生の方法なのだ。

あなたに生きていてほしかったと、大切だった人に伝えつづけること。

最後の跳躍を終えて、そのまま舞台袖に駆けこむ。舞台の中央でスポットライトを浴びたトマが歌い終え、拍手が湧(わ)き起こった。ゆるやかに下りはじめる幕を、瀬木は袖で息をととのえながらぼんやりとながめる。

最前列にいたあの子の名を知ることは、一生ない。ほかの観客だってそうだ。かれらの名前を瀬木は知らない。かれらの地獄を、かれらのつらさを、瀬木は知らない。かれらだって、俳優のことを何も知らない。キャストボードにきざまれた俳優たちの名前が入れ替わっても、多くの客は気づきもしないだろう。

けれど、あのときたとえ一瞬でも、彼の瞳が輝いたことに意味がないとは思わない。

すれ違いざま、誰かの人生に耀きをのこしてゆく仕事だ。

観客も俳優も、板の上のひかりを求めている。

ひとときの幻でもかまわない。救いたい。救われたい。そう願いながら、ひとびとは舞台の上や客席で、おなじ物語をひととき生きる。それは虚(むな)しく、無為な、ゆえに何よりも愛しい生の幻想だ。

　幕が完全に閉じて、拍手がひときわおおきくなる。舞台袖に俳優たちが駆け込んでくる。肩を叩かれて振り返ると、相川だった。彼は驚いたように目をみひらき、それから瀬木の背中にそっと触れた。

「まだ終わりじゃないぞ。二幕も気を引き締めていけ」

「はい」

　瀬木は手の甲で頬を拭う。

　十年以上前のおもいに未だ囚われている。

　彼の指さきがふれた瞬間、僕は世界中の誰よりも幸福だった。愚かだった。なにも知らないまま、無責任に手を握り返した。

　あれからずっと、ひとりのままだ。これからもきっとそうだろう。あんなに誰かのことをおもうことは、もうできないかもしれない。罪を償うようにひたすら研鑽をかさね、劇団に奉仕する日々。

　それでいい、と瀬木は思う。このやり方でよかったんだ。

　何千回と繰り返される舞台で、何千回でも伝えたい。

　仮構に包んだほんとうの言葉を。何度も何度も、なんどでも。

　あのとき言えなかった言葉を、物語にのせつづける。その身ぶりが、願わくば誰かの目を過る一瞬のひかりになればいい。

僕は僕のやりかたで、自分の生業を愛していく。

二幕は二十分後に開幕する。つぎの衣装に着替えるため、楽屋めざして瀬木は一歩踏み出した。

モコさんというひと

乾 ルカ

乾 ルカ（いぬい・るか）

1970年北海道生まれ。2006年「夏光」で第86回オール讀物新人賞を受賞し、受賞作を収録した短編集でデビュー。10年『あの日にかえりたい』で第143回直木三十五賞の、『メグル』で第13回大藪春彦賞の候補となる。主な著書に『わたしの忘れ物』『おまえなんかに会いたくない』『葬式同窓会』などがある。

1

広瀬真美（ひろせまみ）はバイト先の天ぷら屋『てんぷら百勝（ひゃくしょう）』のテーブル席で、スマホを睨（にら）んでいた。

画面にはＳＮＳの投稿。真っ白のトイプードルのアイコンは、フォロワーのモコさんのものだ。

『【譲渡】ラスミュ　極夜燦然（きょくやさんぜん）　東京千秋楽（せんしゅうらく）
【日程】６／11　夜
【座席】アリーナ５列以内センブロ　１枚
【価格】定価のみ（手数料不要）
札幌市内近郊での手渡し希望です。お気軽にお声がけください』

これ、欲しい。

八年前にリリースされ、今も一部女性に絶大な人気を誇るソーシャルゲーム『ラスファード戦記』。プレイヤーはラスファード国内の東西南北、四つの領土のいずれかに属し、プレイアブルキャラクターを使ってバトルをしながら自陣領土を広げていくシミュレーションRPGである。バトルは全てしりとり。各キャラクターには「ラ行強化型」「外来語弱化型」「四文字以下固定」等、スキルが細かく設定されており、意外にも部隊構成で戦略性が求められる。また任意の単語を教えてキャラを強化できる育成要素も、女性ユーザーには好評だ。

モコさんの投稿は、その『ラスファード戦記』の二・五次元ミュージカル、通称ラスミュの千秋楽チケットを譲渡する、という内容だ。投稿時刻は今日の朝八時。

アリーナ5列以内センターブロックなら、相当の良席と言える。このような取引は、チケット代金にシステム利用料や発券手数料等を上乗せすることが多いが、譲渡側が負担するとなっているのは、デッドラインが近いせいか。千秋楽はもう明後日だ。

それとも、今のモコさんなら、手数料など痛くも痒くもないか？

真美はさらにスマホを見つめる。

今回の演目『極夜燦然』は、主だったキャラクターがほぼ全員出演する、言ってみればオールスター公演である。真美は最終日の昼公演を観劇する予定だ。だが本当は、夜公演のチケットを狙っていた。

千秋楽の夜公演はとりわけ競争率が高い。真美はゲームユーザー枠、推し俳優のファンクラブ先行枠、そして一般枠と、可能な限りの枠を使ってチケットを申し込んだが、最終日の昼公演一席しか取れなかった。

どんな舞台でもおそらくそうだろうが、千秋楽はやはり演者も力が入って見応えがあるのだ。またラスミュは、千秋楽のカーテンコール後に、原作ゲームの新展開について先行告知を行うことがある。今も日々欠かさずログインし、一日一時間はゲームに費やす真美にとって、原作情報は宝と言えた。

ましてや、今回何がしかの告知があるとすれば、それはほぼほぼ南泉惣一くんにまつわることで……。

南泉惣一。真美が今人生をかけて推しているキャラだ。ちなみに今回の二・五次元舞台も南泉惣一の出番は多く、演じる俳優城下豹の熱演ぶりも、ファンの間では話題を集めている。

ああ、欲しい。やっぱり欲しいなあ。このチケット……。

スマホを眺めて、真美が何度目かのため息をついた時である。

「じゃあ、リプしたらいいじゃん。違法高額転売じゃないんでしょ？」

あっさりと言ったのは、向かいの席に座る上村絢夏だ。高校時代のクラスメイトで、当時から気の合う親友であり、オタ友でもある。学生時代は同人誌も一緒に作った仲だ。

「うん、あの法律には引っかからないはずなんだけど……」

あの法律とは、『特定興行入場券の不正転売の禁止等による興行入場券の適正な流通の確保に関する法律』、いわゆるチケット不正転売禁止法だ。四年前の六月十四日に施行された。

その中で不正転売と定義されているのは、『業として行う有償譲渡であって、興行主等の当該特定興行入場券の販売価格を超える価格をその販売価格とするものをいう』、ざっくり言えば、定価以上の高額で、何度も常習的に販売することである。単発で、定価で譲渡するとあるモコさんの場合は当てはまらないのだが。

絢夏は腕組みをし、重々しい口調で言った。

「チケット申し込み時に氏名を登録するから、違う人間が観るという時点で、違法じゃないけど規約違反というか。主催者側からすれば普通に入場拒否案件ではある。まあ、私もかつては真美に譲ったから、偉そうなことは言えないな。怖いなら、大人しく公式のリセールサイトを使ったら？」

「そこも見てるけれど、さすがに出ないんだ」

「まあね。大楽だもんね」

会社員の傍ら、フリーライターとして地元情報誌と契約を結んでいる絢夏は、取材帰りなど疲れた時、真美がバイトするこの店に立ち寄って、しばし寛ぐことがある。今もそうだ。真美もサボっているわけではなく、休憩中だった。店は夜の営業に備えて準備中の札を下げている。

真美は今月末、絢夏は八月に、四十歳の大台を迎える。もはや人生の半分以上を共に過ごした絢夏は、真美にとって最も気のおけない、そして誰より頼りになる存在だ。

ちなみに絢夏も『ラスファード戦記』をプレイしている。彼女の推しキャラは真美の推しの南泉と深い因縁――真美はそこに運命を感じてしまうのだが――があるロイ・ノースロップだ。言うまでもなく、どちらも爆イケだ。

「モコさんって名前、聞いたことあるな」

真美のスマホ画面を覗き込んで、絢夏は呟いた。さすが絢夏、彼女の鋭さや記憶力の確かさに、真美は高校時代からこっそり感服することがあった。

「四年前に一度、チケットを譲ってもらったことがあるの」

「ああ、思い出した。新年うたい初めのあれね。真美が舞台にハマったばかりの頃だ。同行者が行けなくなった人。え、二回目？　常習性あり？」

「ないってば。そもそも当時も定価の取引だった。感じのいい人だったし、何よりモコさんも南泉推しでね、初めて会ったけどすごく盛り上がって、そのあと一緒にお茶しちゃった」

「言ってたね。正直、譲渡相手とそこまで意気投合するのかってびっくりした覚えがある。チケットきっかけにＳＮＳでも相互フォローになったって」絢夏は当然のように首を傾げた。「感じのいい相手とまで言うのに、踏ん切りがつかないのは、やっぱり取引の正当性に疑問を覚える、ってところ？」

「うん、それもある」

「諦められるならいいけれど、どうしても欲しいなら、こういった取引はこれを最後に足を洗うことにして、今回はリプしてみたら？」

「そうなんだけどさ」

どうしたらいいものか。またも真美は無意識の吐息をついてしまう。すると、カウンターの中から客席のこちらを窺っていた店主の晴子さんが、容赦ない茶々を入れてきた。「真美ちゃん、ため息製造機になっちゃったのお？」

『てんぷら百勝』を切り盛りする若月晴子さんは、真美の母の妹、つまり叔母である。黒の三角巾で頭部をまとめて、とても還暦過ぎには見えない若々しさだ。彼女が揚げる天ぷらは、身内の欲目を排除しても絶品だ。

ともあれ、絢夏がここにいるのは、真美にとって好都合だった。

「絢夏、聞いてくれる？　絢夏の意見を聞きたい」

褒められた取引でない後ろめたさはあるが、譲渡を申し込むのなら、確かに悩んでいる時間は惜しい。明後日の昼公演を観劇するため、真美は明日の最終便で成田に向かう予定だ。手渡しで直接チケットをやり取りするなら、明日の夕方までしか時間はないのだ。

だが、今のモコさんとの取引は……。

「モコさんって、会った当時とは違うんだ」

人は変わるというが、モコさんがこんなふうに変わってしまうなんて、真美は思っていなかった。

2

五年前の夏、真美は打ちひしがれていた。

推しの南泉惣一が死んだからだ。

八月五日。その日午前零時きっかりに、ストーリーモードに追加された新章で、彼はロイとのバトルに敗れ、命を落とした。しかも、敵のロイを助ける形で、わざと「リヴン」という「ん」で終わる単語をチョイスしての自爆。

新章最後の一文、スマホの黒画面に浮き上がる白文字が勝手に目に焼きついていく。目を離したくても、離せなかった。

『南泉惣一はこときれた。』

プレイアブルキャラが作中のストーリーで死ぬなんて、数あるソシャゲの中でも滅多にない。しかも南泉はラスファード国の南領公主御曹司という設定で、ゲームの顔と言うべきメインキャラの一人だった。当然ファンの間でも賛否両論、ショックでゲームを引退するユーザーまでいた。

真美は南泉の死を受け入れられず、かといってゲームデータを消してしまうこともできなかった。ストーリーモード以外の、例えば他領土プレイヤーとのギルド戦などでは南泉を使うこともできたからだ。とはいえ、綿密なシナリオ設計、張り巡らされた伏線、ダイナミックなストーリー展開で人気を博したゲームだ、メインコンテンツはやはりストーリーモードなのだった。それにもう南泉が登場しないとは。

ショックで真美は天ぷら屋のバイトにも身が入らず、晴子さんに度々注意を受けた。南泉の姿を求めて、メディアミックスの漫画や小説を繰り返し読み、買うのを躊躇（ちゅうちょ）していたアニメのブルーレイディスクにも手を出した。

だがそれでも喪失感は埋まらなかった。真美は己（おのれ）の辛い気持ちをＳＮＳに吐き出した。文字数の上限ギリギリまでまとまらない文章を紡ぎ、当然収まらず、ツリーは万里（ばんり）の長城（ちょうじょう）レベルになった。真美には絢夏のような文才はない。二次創作からも遠のき、萌え語りしかしないアカウントのフォロワーは元々多くなかったが、そのドン引きツリーでさらに減った。

「舞台は？」提案してくれたのは絢夏だった。「二・五次元やってるでしょ。あれに南泉出てるよ。原作のスピンオフみたいな内容で、南泉とロイがメインだって。ストーリー第一章の前日譚らしい」

全てに対してアンテナを張っている絢夏は、二・五次元舞台もすでに楽しみの一つに加えていたのだった。

スケジュールが立て込んでリセールを考えていた絢夏は、私には他にも推しの舞台があると、無償でチケットを譲ってくれた。チケットには絢夏の名前が印刷されていたので確認すると、チケット申し込み時に氏名等を登録すること、本来入場も当人でなければならないのだが、ラスミュは会場での本人確認まではしないこと、もし抜きうちでされたときは、残念だけど大人しくつまみ出されろ等、あまり助けにならない助言をくれた。真美は上京し、生まれて初めて二・五次元舞台なるものを鑑賞した。

そして、ハマった。

正直に言えば、観劇前の真美は懐疑的だったのだ。二・五次元とは言っても所詮は三次元ではないかと。泣く子も見惚れる超絶美形のゲームキャラ南泉惣一を、生身の人間が演じるなんて、見た目的に解釈違いも甚だしい。三次元が二次元を演じられるわけがない、実写化とかたいてい悲惨なことになってるじゃん……。

どうせ、イケメンにキャラのコスプレさせるだけで、ファンは満足するとでも思ってるんでしょ?

そんな先入観が見事に覆った。

ステージで演じ、踊り、戦い、朗々と歌い上げ、ファンサでは輝くばかりの笑顔を振りまいた俳優城下豹を、南泉惣一と同一視はしない。三次元はあくまで三次元ではある。でも真美は胸打たれた。演者も裏方スタッフも、舞台に関わる全員が、そこにゲームの世界を作り出そうとしていた。作り出そうとする意志に応える技量と工夫もあった。見た目を寄せるだけではこうはならない。全員がそれだけの努力と鍛錬を積み重ねたことが、舞台を観て分かった。

私が大好きな世界を、こんなにまで再現しようとしてくれる人たちが、この世にいたんだ。

二・五次元は、ドラマや映画などでの実写化とは、まったく別物だった。ファンが愛するあらゆるポイントを、何があってもなおざりにはしないという揺るがぬ決意が、二・五次元舞台の端々に現れていた。

それは観客との明確な誓約だった。

――あなたたちの「好き」を、我々は全力で守り、尊重する。

その誓約を感じ取った瞬間、真美の目に映る城下豹は、南泉惣一になった。

舞台を観ている間、真美は幸せだった。真美が若い頃は、オタクというだけで侮蔑の対象だった。好きな作品を「こんなのがいいんだ」「そういうのよく分かんない」「いかにもオタクが好きそうだよね」と嗤われた経験は数あれど、これほど大切にされたことはなかった。

そして何より、南泉はまだ生きていると思えて、救われた。

それから真美は、二・五次元舞台を観るようになった。

モコさんからチケットの譲渡を受けたのは、次の公演『三日三晩の夜明け』だった。初めて二・五次元舞台を観てからおよそ半年後、年も改まった一月末のことである。ラスミュは例年年明けに、複雑な筋立てではないが多くのキャラが出演する華やかなお祭り演目、新年うたい初めをやるのだ。

二・五次元にハマって日が浅い真美は、まだ城下豹のファンクラブにも入っておらず、ゲーム内で付与されるユーザー枠と一般枠でしかチケットを申し込めなかった。しかし人気の二・五次元舞台ともなるとチケット申し込みは殺到し、取れるかどうかは抽選しだいだ。結果、真美がゲットできたチケットは一枚。席は二階席と、S席の中では良くなかった。

できればもっと良い席を当てたかった。舞台はどの席で観るかによって印象がまるで異なるものだ。もはや唯一生きている推しに会える場でもある。より近くで、より良く見える席で観たい……。日程が押し迫っても真美は諦めきれずにいた。

そんな時、真美はチケットを譲渡するというSNSの投稿を見つけたのだ。その投稿者がモコさんだった。

日程自体は真美が唯一取った公演と同じだが、席がセンターブロックで、真美にとっては喉から手が出るほどの好条件だった。

モコさんのアイコンのトイプードルには見覚えがあった。南泉死亡時に呟いた万里の長城みたいなツリー全てに、「いいね！」で反応してくれた唯一のアカウントだったのだ。向こうはこちらをフォローしてくれてもいた。

フォローバックしてからやり取りを開始し、真美は無事チケットを譲ってもらえることになった。モコさんもその日同じ公演を観るという。

どうやらふた席取ったものの、同行者が行けなくなったようだった。チケットは観劇前に劇場前で待ち合わせて受け取ることとなった。この場合、モコさんが突然来られなくなった等の不測の事態に備えて、真美は自分のチケットを売ることはできないのだが、仕方がないと割り切った。いい席で観劇することには、それだけの価値がある。少なくとも、真美にとってはそうだった。

当日、待ち合わせに遅れるのが怖い真美は、時間より三十分も前に着いて、寒風に身を縮こまらせながらモコさんを待った。

先に相手を見つけたのは、真美だった。モコさんは時間ぴったりに現れた。ライトグレーのダウンコートとブラックのチュールスカートにショートブーツ、そして垂れ耳の犬がデザインされたオフホワイトのトートバッグ。南泉とロイの缶バッジ十個付き。現地へはこんな格好で行きます、と事前に教え合った、そのままのいでたちだった。

「すみません、真美です。モコさんですか?」

おっとりとした佇(たたず)まいで行き交う人の顔を眺めていた彼女に話しかけると、彼女はほっとしたように表情を緩めた。

「ああ、良かった。そうです、モコです。初めまして」

優しそうな人だな、というのがモコさんの第一印象だった。彼女の外見にも、醸し出される雰囲気にも、気後れを覚えさせる要素はまるでなかった。ふっくら丸い輪郭の中のつぶらな瞳と色白の肌は、どこか豆大福を思わせた。

　年齢は真美と同じくらいか、少し上に見えた。

　モコさんは手も白かった。ネイルの色はピンクベージュで大人しく、ぷにぷにとふくよかな指のいずれにも指輪はなかった。

　チケットの受け渡しと支払いを済ませてから、二人一緒にもぎりを通過した。モコさんが取ったふた席は、なんと最前列だった。

「モコさんも南泉が推しなんですよね。カップリングだと南ロイ」

「真美さんもですよね？　同じ札幌市在住みたいだったし、リプもらった時は嬉しかった。できたら南泉ファンの方に譲りたかったんです」

　チケット取引でのトラブルは、なんとしても避けたい。相手の人となりを知るため、真美はフォローしたモコさんの投稿を過去に遡って読み込んだ。『ラスファード戦記』にまつわる萌え語りが六割、後の四割は日常系の呟きだった。身の回りのあれこれや起こった出来事を、写真と共にシェアするというやつだ。今日は愛犬のお耳を掃除しました、爪を切りました、庭のライラックが満開です、天気が良かったので愛犬をシャンプーしました、というような。それで真美は、モコさんの推しや大まかな生活スタイルを把握し、この人なら大丈夫と判断して取引に臨んだ。モコさんも同様のことをして、真美が札幌在住と知ったのだろう。

「真美さん、前回の舞台も観劇したでしょ？　私ね、真美さんがＳＮＳですごく良かったって絶賛していたから、この舞台を観にきたんです。本当は姉と来るつもりだったんですが、体調がすぐれないと……だから真美さんが声をかけてくれて、嬉しかった」

「そうなんですか？　そう言ってくれると私も嬉しいです。え、てことは、じゃあ今回が初観劇？」

「うん。ドキドキしてる」

「初めての観劇でいきなり最前列取るってすごくないです？　初めての麻雀で役満上がるみたい」

「運が良かった」モコさんははにかみながら微笑んだ。「プレボっていうのがあるんですよね。私、そこへ行っていいですか？」

「あっ、私も豹くんに手紙を書いてきたんで、一緒に行きましょう」

　プレボとは、俳優へのプレゼントを入れるプレゼントボックスのことだ。出演俳優それぞれに一箱ずつ用意され、ずらりとロビーの一角に並べられている。俳優に渡したいものがあるファンは、各々それを該当のボックスに入れると、あとで本人の元へまとめて届けられるシステムだ。

「豹くんって、あまりファンから貰ったものをＳＮＳにあげたりしないですよね」

「受け取ってもらえるだけでいいの。読んでもらえたら、もっと嬉しいな」

城下豹のプレゼントボックスに、モコさんはトートバッグから取り出した手紙を入れた。封筒はちょっとその辺では見ないような、和紙めいた質感で、フラップの部分におすわりした犬の箔押し(はくお)があった。宛名の字はモコさん本人を思わせる、少し丸まった可愛らしい字だった。

「物販行きます?」

「行きます。私初参戦だからまだペンラ持ってないの」

「ブロマイドも欲しいですよね」

「ランダムなんですよね、南泉欲しいな」

成り行きで一緒にいるうちに、驚くほど二人は打ち解けたのだった。モコさんはまるで旧知の友達みたいだった。同じ推しを持つ相手とは関わりを持たない、いわゆる同担(どうたん)拒否なる概念が真美にはないとはいえ、モコさんにこれほどの親しみを抱くなど想像の外だった。

真美の推し活は基本的に一人だった。SNSは交流のツールというよりも、胸の内にためておけなくなった思いの丈を、自分を落ち着かせるために吐き出すものだった。絢夏は唯一無二の友人だが、長い付き合いの中で推しが一致したことはなかった。何より絢夏も観劇はするが、ラスミュよりも優先する作品があり、一緒に舞台を観に行くタイミングがなかった。

モコさんが南泉に夢中になっている姿を見ると、真美の南泉を推す気持ちが全肯定されるようだった。それでいいんだよ、間違ってないんだよ――そう言われているようで嬉しかった。

その日の舞台も素晴らしかった。最前列という特等席で観劇できたことも、より良く思えた理由だろうと、真美は興奮冷めやらぬ中でモコさんに感謝した。

幕が下りて隣を見ると、モコさんの頰は薄ら赤らみ、つぶらな目は潤んでいた。

劇場を出たのは夜九時過ぎだったが、真美とモコさんは元々そういう予定だったかのようにカフェに入った。観劇直後は心が高揚していて誰かと感想を共有したくなる。真美はモコさんと話したかった。

真美は店の中で一番安いコーヒーを注文した。モコさんも同じものを頼んだ。席に座るや、声の大きさに注意を払いながらも夢中で語り合った。

南泉、かっこよかったね。城下豹くん、リアル南泉だね。

去年、真美さんが絶賛していた理由が分かった。私、南泉が死んだ時絶望したの。でも今日また救われた。南泉生きてた。後半なんてもう、南泉にしか見えなかった。

最後から二番目に歌った『君とリヴンと四日目の朝』、泣けた。南泉とロイのデュエット尊い。

うんうん、私も泣いちゃった。あれ、南泉が死んだ三章十話のこと歌ってるよね。

SSPAY先生はどうして南泉を殺しちゃったんだろ。実は生きてるとかない？

千秋楽に何かあるみたいだね。千秋楽は来週だよね、気になるね……。

店内には一時間もいられなかった。結局コーヒーにはほとんど手をつけなかった。飲む間も惜しんで、真美はモコさんと推しを、それから今見てきた舞台がどれだけ素晴らしかったかを語り合い、別れた。

別れてから、言い損ねたことを思い出し、悔いたりした。それほど盛り上がった。

『三日三晩の夜明け』の舞台は大盛況のうちに幕となった。千秋楽のカーテンコール後には、原作展開について驚くべき告知がなされた。新章で南泉惣一は蘇生する、という。

南泉蘇生の展開に、真美はまた胸の内に収めきれない萌えと歓喜をSNSにぶつけ、モコさんはそれに「いいね！」をくれた。

その後もモコさんとはSNSで繋がり続けた。直接リプライしたり、DMを送りあうような密な関係とまではいかなかったが、共感できる呟きには反応し合った。真美はモコさんの「南泉が好き！」という呟きを読むのが好きだった。そして密かに、もう一度一緒に観劇できたらどんなに楽しいだろう、と思っていた。

思っていたのだが。

「なのに、モコさん変わっちゃったんだよ」

その変化が好ましいものだったら歓迎なのだが、残念ながらそうではない。

「裏垢とか見えないところで、悪い噂も流れてるんだ」

絢夏は汗をかいているコップの表面をひと撫でした。「つまり私が意見を求められているのは、今のモコさんからチケット譲渡を受けても大丈夫かどうか、ということについてかな?」

「そうなの。だって、モコさんはヤバいことしてるに違いない! なんて言ってるフォロワーもいるんだよ」

「高額転売に関してはしてなさそうだけどね、定価だし」

ストローでコップの炭酸水を飲みつつ、絢夏は片手でスマホを操作し、いつの間にか当のモコさんのアカウントにアクセスしている。

「なるほどね。確かに変化してるね」モコさんの投稿を過去に遡りながら、絢夏は同意してくれた。「明確に変わったのは、一年前くらいからかな? 前はワンちゃんやお花、景色なんかが多くて、逆に料理の写真なんていうのは見当たらない。ところでモコさんってトリマーさん？　トリミングがプロレベル」

「どうかな。でもこれで生活しているわけではないと思う」

「じゃあこれは趣味のママミングか。それにしても上手だね。爪切りも迷いがなくて速い。この子もお利口だなあ。全然嫌がらないね」

モコさんのワンちゃんトリミング動画に感心しきりの絢夏だが、今重要なのはそこではない。この一年、可愛いトイプードルの登場率はめっきり下がり、たまにワンコ写真や動画が投稿されると、ああまだこの子死んでなかったと胸を撫で下ろす始末だ。

モコさんの変化を一言で表すならば、「成金」だった。ある時を境に、モコさんはお金の匂いのする人になった。

「ワンちゃんのことより、もう自分の享楽しかないって感じがする」真美はモコさんの投稿を開いて、スマホを絢夏の方へ向けた。「日曜日の画像全部見た？　相変わらず外でコース料理だし、最後の写真のここに見えてるバッグ、シャネルだよ」

ハイブランドには縁がないとはいえ、真美もココマークくらいは知っている。

絢夏も切れ長の目を丸くした。「わーお、すごいね。いくらするんだろう？」

「百万円以上するみたいなの」

「真美、わざわざ調べたの？」

「三十万くらいかなって思って……」

モコさんが七桁のハイブランドバッグを使うなんて。缶バッジを幾つもつけたノーブランドのトートバッグを愛用しているのではなかったのか。あの日のモコさんはどこへ行った。

真美はさらに言う。

「五月三日の投稿を見てよ、絢夏」

「ゴールデンウィークだね。ワンちゃんを連れてどこかへ行ったとか?」

「そうなんだけどさ、これどう思う?」

該当の投稿を見つけた絢夏は、すぐに真美の言いたいことに気づいたようだ。「これは本物だね」

写真はモコさんが膝の上にワンちゃんを乗せているというものだ。車内で撮られている。モコさんのシートは運転席だから、当然どこかに停車して撮影したのだろう。

運転マナー的に、運転者の膝の上に犬がいるのは危険だ、と目くじらを立てたいのではない。問題は画面の上に写り込んでいるステアリングだ。

中央のエンブレムがポルシェのものなのだ。

「車降りて遊んでる写真もあるね。これに車体写ってる。この顔は確かにポルシェだよ」絢夏は唸った。「相当なお金持ちだね」

「エンブレムだけ買って別の車につけたわけではなさそう?」

「そんな悲しいことする？　この車のお顔はまごうかたなきポルシェ」

「絢夏が言うなら確定か」

フリーライターとしても活躍している絢夏は、真美よりものを知っている。彼女の見立ては大体において正しい。真美は大きな吐息と共に、モコさんの変わり果てた投稿を眺めた。

今日は外で食事しました。今日も外で食事しました。ネイルサロンに行きました、新しい靴を買いました。新作のバッグを手に入れました。車でちょっと遠出しました。昨日買ったネックレスです。今日のメインは知床牛です。窓際の席は予約が必要です……。

「予約必須とか言われたところで、庶民はこんなところ、そもそも行けないよ。どこかは知らないけどさ。宣伝なら店名タグつければいいのに。このパフェも、どこのカフェかは分からない」

モコさんはインフルエンサーを目指しているわけではないようで、外で食事をしても、その店の名前を出すことは一切なかった。

「このパフェは見覚えあるな。そうだ、Ｐホテルの桜と苺のパフェだ」

「Ｐホテル？　コーヒーひとつで二千円くらいするところ？　でもあそこオープンカフェなんてあったっけ。モコさんはテラス席にいるみたいだけど」

「あれ、そうだね。じゃあ違うのか」

「絢夏、しっかりしてよ。頼りにしてるのに」

「待って待って。その人が突然リッチになったのを、真美ちゃんは変わってしまったと言ってるの？」頭の三角巾を縛り直しながら会話に割り込んできたのは、晴子さんだ。「自分とはかけ離れた生活を送るオタ仲間が羨(うらや)ましい、ってこと？」

「違うよ、晴子さん。急にこんなに成金ムーブしたら、何かあったのかなって思うでしょ？」

確かにアルバイトの真美は、モコさんとは正反対の生活水準だ。推し活も限られた収入の中でやりくりしている。こどおばという蔑称を甘んじて受け入れ、実家に住んで節約。遠征時利用するのは当然ＬＣＣ。宿泊は最低限のビジホ。ご飯はコンビニ。その代わり、観劇と推し関係の物販購入は我慢をしない。それが己に定めたルールだ。

羨ましいのかと言われると、自分自身のままならない現状と、それを認められない懐の小ささまで指摘されたようで、真美はついムキになって反駁(はんばく)してしまった。

「羨ましいみたいなありきたりなことじゃない。ずっと平和な日常を投稿していたのに、ある日突然外食三昧ハイブランド三昧になったら、誰だって戸惑うよ。ドン引きしてブロックしたフォロワーさんも多いの」

金遣いの荒さから垣間見える潤沢な資金源。これはただ事ではない。最悪モコさんは犯罪に手を染めているのではないか——界隈ではそんな噂も流れ、ＳＮＳでモコさんと繋がっていた人たちの多くは、とうに彼女と距離を置いていた。例のチケット譲渡投稿にいまだにリプライがつかないのも、百パーセント健全とは言えない取引が敬遠されているとか、札幌市内近郊での手渡しという条件が対象を狭めているとか以外に、そういった要因もあるのだ。

「それに、モコさんが変わっちゃった根拠は、成金投稿だけじゃないんだ。絢夏、気づかない？」

「リッチな暮らしぶり以外で？」

「うん。すごく重要なこと」

「この人、南泉推しだったんだよね」絢夏はこちらも間をおかずに気づいた。「分かった。ＳＳＰＡＹ先生のインタビューについて、何も触れていない」

二ヶ月前、『ラスファード戦記』のストーリーを手がけるＳＳＰＡＹ先生が、公式インタビューの中で今後の展開について重大発表をした。それによると、物語はこれから始まる新章で大きく動き、中でも新章中盤から終盤にかけての中心人物は南泉とロイになる予定だという。彼らの因縁のストーリーの全容が、およそ三年かけて紐解かれていくという新章の予告に、界隈は色めきたった。特に南泉ファンとロイファンは大興奮だった。当然である、公式からの推しの供給ほどファンにとって嬉しいものはない。それを三年もかけて堪能できるのだ。

「真美はまた長いツリーで語ってたのにね、楽しみだって」

「そりゃそうだよ。南泉とロイの因縁とか、関係性とか、とにかく彼らのストーリーを、きっちり一つの決着がつくところまでやってくれるんだよ。こんなの狂喜乱舞でしょ。ＳＮＳ

でも大騒ぎだった。私は南ロイが同盟関係になるのかもって思ってる。分かってたけど、壮大な物語だよね。とにかく、今からドキドキしてる。三年間は絶対死ねない。供給過多に備えてお金も貯めなくちゃ。メディアミックスも全部拾っていくよ、私は」新章の話題でつい興奮してしまったが、今のテーマはこれではなかったと、真美は我に返った。「なのに、なんでモコさんはこうなの」

人それぞれの楽しみ方があるとはいえ、少なくとも四年前のモコさんなら、公式インタビューはどう考えても食いつく話題のはずだった。真美や他の南泉ファンは、楽しみで待ちきれない気持ちを、あるいは運営や原作者へのエールを、こぞってSNSに投稿している。なのに、インタビューが公開されて以降、モコさんの投稿に南泉はおろか『ラスファード戦記』にまつわるものが一切ない。唯一の例外が、今朝のチケット譲渡についてだ。

元々、一年前からモコさんの萌え語りはめっきり少なくなってはいたのだが、ここまでくると異常に思える。二・五次元の観劇報告も途絶えて久しい。フルコースディナーの写真は再々上がるのにだ。

「コロナで舞台全般が中止になった時期があったけど、それ以降もなんだね。ずっと遠ざかってるみたい」と、絢夏。「チケット取れなかったのかな。ああ、東京に行けなくなりました、っていう呟きはあるね。これはちょうど一年前くらいじゃない？　これ以降は確かに音沙汰なし」

「もう南泉への気持ちは冷めちゃったのかな。本当、なんでこんなふうになっちゃったのかなあ」真美はモコさんの煌(きら)びやかな生活が垣間見える投稿を、雑にスクロールする。「こんなふうにアピールする人には見えなかったのに」

晴子さんが、「よいしょ」と立ち上がった。そろそろ夜営業の下準備を始めるのだ。真美の休憩時間も残り少ない。何かサジェスチョンをもらえないかと、すがる気持ちで親友に視線を送ると、絢夏がライターの片鱗(へんりん)を覗かせた。

「五日前、日曜日の写真のお店だけど、ここ『ベル・フォンティーヌ』じゃないかな」

「お料理見ただけで分かるの？」

「お料理とお皿、あと窓から見える庭園ね。先日ちょうど初夏のコースを取材させてもらった。シェフの経歴がなかなか変わっていてね。ホテルでの下積みとフランスでも十年修業してるんだけど、渡仏前の一年間の話がなかなか面白かった。地下鉄駅から十分くらい歩くけれど、落ち着いた場所にあるよ。先々週の日曜も行ってるんじゃない？　常連さんなのかな」

「そこ、高い？」

「まあね。シャネルのバッグが似合うお店ではある。これは私が取材したコースと同じかな」

「二万円くらい？」

「うーん」

絢夏は投稿画像を見ながら考え出す。もしかしたら、もっとお高いのか。真美は思わず口に出した。「メインのお肉、めっちゃ小さいのに。これなら二口だよ。秒殺できる自信ある」

『てんぷら百勝』の限定メニュー、豚肉の天ぷら定食なら、このメインよりもはるかにボリユームがあって、千円札でお釣りが来る。

絢夏が考える顔のまま言う。

「でもなんとなく、匂わせ投稿という感じじゃないな。シャネルやポルシェも、なんらかのアピールをするために意図して写り込ませたというより、撮りたいものを撮ったらたまたま構図に入ってた、という印象。元々身の回りの投稿もしていたんでしょ?」

「それはそうだけど、四年前はありふれた服を着て、ありふれたバッグを持っていたんだよ? アクセサリーもジャラジャラじゃなかった。指輪もしてなかった」

「真美がブランドものかどうか分からなかっただけかも。あるいは本当に生活が変わったのかもしれない」

「宝くじ?」

「お金持ちと結婚したとか」

それはとても真っ当な意見なのだが、真美はやっぱり言い返さずにはいられなかった。

「結婚したなら結婚しましたとか呟かない?」

「呟かなくても全然おかしくない」

作業を始めた晴子さんが、カウンターの奥から再三の茶々を飛ばしてきた。「ははーん。

真美ちゃんはモコさんが既婚者なのが嫌なのかな？」

「そんなわけないよ」

と返しつつ、真美の声は小さくなる。

「そうね、失礼しました」

潔く引いた晴子さんの態度は、あなたにはあなたの仕事がある、と言っているようである。早くそれを始めろ、とも。真美は自分の親以上に晴子さんに頭が上がらない。大学を出ても就職できなかった真美を拾ってくれ、バイトという形態ではあるが雇ってくれた。今も実家で暮らし、推し優先の生き方をする真美を、両親は度々責めるが、それから庇ってくれるのも晴子さんだった。

――真美ちゃんはきちんと働いてるし、結婚しなくたって幸せなんだからいいじゃない。私の店の立派な戦力よ。馬鹿にしないで。

いろいろ胸を張れないのは、誰より自分が分かっている。だから、晴子さんの顔に泥は決して塗らない。真美も立ち上がった。

「ごめんね、バタバタしちゃって。結局愚痴になっちゃったね」

チケット譲渡を受けるか否かの助言をもらえたら良かったが、短い時間で、かつＳＮＳの投稿を眺めるだけでは、絢夏も判断のしようがないだろう。

と思いきや、絢夏はこう言ったのだ。

「この手の取引の是非はさておき、真美が言うモコさんへの懸念は杞憂じゃないかな」

「大丈夫？　モコさん、犯罪に絡んでいなそう？」

「彼女は真美が思っているような変化はしていない」

絢夏は何か分かったのだろうか？　「本当に？」

「私はそう思う」絢夏は真美の背を押してくれた。「真美が上京している間にちょっと確認しておくから、安心して譲渡してもらいなよ」

4

絢夏の言葉に背を押され、真美はアルバイトを終えてからモコさんの投稿に譲渡を受けたい旨、返信した。

遅い時間だったが、程なくOKの反応があった。

DMに場を移してやり取りを開始する。モコさんは真美のことを覚えていた。

『真美さん、お久しぶりです。真美さんにお譲りできることがとても嬉しいです！』

本心か社交辞令か分からない言葉を受け流し、真美は事務的に交渉を進めた。話はすぐにまとまった。どちらかというと主導権は真美が握り、モコさんは真美の希望を聞いてそれに応じるという形だった。

『上京前で真美さんも慌ただしいと思います。新千歳空港内での待ち合わせはいかがですか?』

翌日夜のLCCで上京する予定を伝えると、新千歳空港まで行くとまで言ってくれた。さすがにこれには真美も驚いた。てっきり市内、札幌駅近辺で落ち合うものだと思っていたからだ。とは言え、モコさんの申し出は、真美にとっては渡りに船だった。心配性の真美は、いつも空港へは時間に余裕を持って行き、施設内で時間を潰すスタイルなのだ。もしかしたらこのスタイルについては、四年前の雑談の中でモコさんに話していたかもしれない。

『それでは、二階センタープラザで待っています。エレベーターとエスカレーターの中間付近に立っています』

だが、続く一文に真美はどきりとした。

『ただ申し訳ありませんが、お渡しに行くのは私本人ではなく、家人になります。それでも良いですか?』

ここまで交渉を進めてしまうと、真美もすでに千秋楽を観劇するモードになってしまっている。引っかかるものがなかったとは言わないが、結局はそれを了承した。今のモコさんは四年前のモコさんとは違ってしまった。だったら、待ち合わせ場所に来るのがモコさんだろうがモコさんの家族だろうが、大して違わない。今のモコさんなら初対面みたいなものだから……悲しい考え方かもしれないが。

それよりこの家人だ。

この後は、落ち合う上で目印になる服装や持ち物を教えてもらう流れだ。こちらから訊かずとも、モコさんから教えられるだろう。

どんな関係なのか？

それを伝えられた時、真美は「ああ、やっぱりな」と思った。

そして、軽い裏切りにあったような気持ちにもなったのだった。

新千歳空港二階にあるセンタープラザは、各種イベントも開催されるシンボルスペースである。四階まで吹き抜けで、明るく広々としたところだ。

透明シャフトが近代的な印象を与えるエレベーターと、エスカレーターを結んだ中間地点、打ち合わせどおりの場所に、その人はすでにいた。

真美がその人だとすぐに分かったように、彼もまた真美に気づいた。

「こんにちは、初めまして。モコの代理で来たものです」

彼は律儀なことに運転免許証を見せてきた。

チケットに印字されてあるモコさんの本名と免許証の姓を照らし合わせろ、という意図だけではおそらくない。顔写真付きの身分証を示したのは、脛（すね）に傷持つ人間ではないという証明もあるのだろう。

モコさんの代理は、彼女の夫だった。彼は伝えられたとおりグレーのスーツを着、モコさんが四年前に持っていたオフホワイトのトートバッグを肩にかけていた。南泉とロイの缶バッジもついたままだ。真美は彼を観察した。

人の良さそうな顔のオジサン。おそらく五十歳前後。中肉中背よりも少しふくよか。グレーの夏用スーツは仕立てが良さそうで、吊るしのものではないのかもしれない。でも胴回りが少しきつそうだ。最近太ったのかもしれない。そういえばモコさんも丸っこかった。

左手の薬指に、プラチナの指輪が嵌まっていた。

ターミナルビル内は空調が効いているのに、彼のこめかみには汗が滲(にじ)んでいた。

ポルシェはこの人の車なのかな。

いつからここにいたんだろう。目立っただろうな。なのにずっと立ってたんだ、こんな痛(いた)バ下げて。十個じゃ痛バって言わないのかな。でもまあキツいよな。

目印のために、私に気づかれるために、持って待っててくれたんだ。

モコさんの夫を見た真美は、モコさんの金遣いの荒さについて、犯罪めいた想像をしていた自分を恥じた。それほど彼の雰囲気は、悪行から遠かった。

「真美さんのことは、妻……モコから聞いています。四年前の時も、家に帰ってきてから、とても素晴らしかった、気の合う人が譲渡相手で良かったと、ずいぶん話してくれたんですよ」

モコさんの夫は早口で言った。

「雑談している場合じゃありませんね、すみません。こちらが発券したチケットです。お確かめください」

封筒に入れられたチケットを渡される。真美もチケット代が入った封筒を渡した。その場で中身を確かめ合い、何一つ問題なかった。会ってから三分もかからなかった。

「あの、真美さん」

別れ際、彼は言いにくそうに、しかしこれだけは言わねばならないという面持ちで切り出した。

「プレゼントボックスというシステムがあるんですよね。好きな俳優への贈り物などを入れるという」

「ええ、あります」

「無事入場できたら、これを入れてくれませんか。チケット代はいただきませんから」

真美が用意した封筒はそのまま返され、続いて差し出されたのは『城下豹様』と宛名が書かれた手紙だった。

和紙のような質感の、フラップ部分に犬の箔押しがある封筒だった。

「行けないと決まってから、妻が書いたものです。現地に行く方はあなたしか知りません。

どうかお願いします」

手紙を託したいから、あえて譲渡の投稿をして、札幌市内近郊手渡し希望と条件をつけたのかもしれない。成金ならチケット代なんて端金だ、譲渡の手間やリスクを押して無理に回収する金額じゃなかったはずだ。現に返された……。真美はそれを黙って受け取った。チケット代を返してもらえるからではない。手紙を差し出す彼は一生懸命だった。切羽詰まっている感じだった。一生に一度のお願いと口走りそうだった。だから引き受けるしかなかった。

ラスミュの『極夜燦然』東京公演は、この上なく素晴らしかった。前楽と大楽、両方連続で観劇した真美は、幕が下りた客席で涙ぐんだ。

生きてて良かった。

大袈裟ではなく、正直な気持ちだ。

推しだからという色眼鏡を抜きにしても、南泉は特に熱演だった。俳優城下豹の実力はもはや疑う余地はない。二・五次元というフィールドにとどまらず、帝国劇場のグランドミュージカルにまで出演の幅を広げているのも、納得だった。無論、城下豹以外の役者、スタッフも素晴らしかった。全てが観るたびに最高を更新し続けている。

そして、初めて観た時に感じた彼らの誓約——あなたたちの「好き」を、我々は全力で守り、尊重する——は、一切変わることなくこの日も存在した。

握りしめていたペンライトをバッグにしまって席を立ち、真美は洟を啜りながら出口へと歩いた。名残惜しいが、劇場側には終幕後の仕事がある。ぐずぐずしないで退場するのも、観客側にできる協力の一つだった。

「すごく良かったね」

「通路歩いたロイ、めっちゃ近かった」

「これで明日も頑張れる」

見知らぬ誰かの呟きに、真美は何度も首を縦に振った。そうそう、ほんとそれ。舞台を観ると私も頑張れる。つまらない毎日を生きる力をもらえる。

「告知、やっぱ新キャラだったね」

「南ロイどっちにも関わってるキャラとか絶対強いよ」

「取れるかな、きっとSSRだよね。ガチャ絞りそう。課金必須かな?」

先行告知の内容は、南泉とロイの過去に深く絡む新キャラの実装予告だった。ゲームの今後もますます楽しみだ。

幸せを噛み締めながら、ふとロビーに並ぶプレゼントボックスを見た。

モコさんから託された手紙は、真美自身が書いた手紙とともに、開演前にすでにボックスに入れていた。

もちろん、中身を盗み読むなどはしていない。封はきっちりされていたし、されていなかったとしても、読まずに真美が代わりに封をしていただろう。

モコさんの夫の言葉が思い出された。

――四年前の時も、家に帰ってきてから、とても素晴らしかった、気の合う人が譲渡相手で良かったと、ずいぶん話してくれたんですよ。

あの時、すでにモコさんは既婚者だったのか？　でも指輪はしていなかったから、一緒に住んでいただけなのか？　ずっと同棲を続けて一年前に籍を入れたとか？

他人のことを気にしても仕方ないのに、四年前、真美は自分と似た年頃のモコさんが結婚指輪をしていないことにホッとしたのだった。安心して、勝手に親近感を持った。独身のオタ仲間などと思ってしまった。

もしかして、気を遣われたのかな。こっちが独身だったら指輪はマウントと取られるかも、とか思って外したのかな。いやいや、シャネルやポルシェを写り込ませる人はそんなこと考えないか……。

でも、仮に左手薬指に指輪があったとしても、楽しく話をしたと思う。

劇場を出て、人の流れに乗って歩く。そこここで興奮気味に舞台のことを話す女性の声が聞こえる。熱気は冷めやらない。でもこの熱が今以上になることはなくて、ゆっくり自分の体温と同化していくのだ。

バッグのポケットに入れたチケットの半券を取り出す。これは本当はモコさんのものだった。本当は、厳密にいえば、このチケットはモコさんだけが使うべきだった。舞台を観たことは一ミリも後悔していないし、結局お金も絡まなかったけれど、こういった譲渡取引はこれで終わりにしよう。

モコさんが譲ってくれた席、やっぱりすごくいい席だったな。

営業中のカフェが見える。四年前、真美はモコさんと一緒に同じ道を歩いて、カフェに入ったのだった。今は一人だ。

どうして彼女は変わったのか。豊かな生活の中で、オタ活は二の次になってしまったのか。だったらどうしてチケットは取ったのか。

城下くん宛の手紙には、なんて書いてあったんだろう。

分からないのに、考えてしまう。

あの日のままのモコさんだったら、この舞台を観たかったに違いないと、真美は一度しか会っていないかつてのオタ友に思いを馳せた。

5

金曜日。夢のような観劇から五日経ち、真美も日常へと戻っている。

バイトの休憩中、晴子さんがこしらえてくれた賄いの天丼を二人で食べていると、誰かが店の引き戸を叩いた。

「絢夏ちゃんかな」晴子さんが箸を止めて言う。「今日来るって言ってたね？」

出がけに、真美は来訪予告のメッセージを受け取っていた。真美も絢夏と話をしたいと思っていたので、好都合だった。

暖簾がしまわれた引き戸を開けると、まさしく絢夏である。

「真美、感想の投稿読んだよ。『極夜燦然』、すごく良かったみたいだね」

真美は帰りの飛行機の中で書き殴った舞台の感想文を、ネタバレ等々に配慮した上でSNSに投稿した。相変わらずの取り止めのない文章の上、連携アプリもスクショも使わずツリーで繋げる芸のなさで、インプレッション数の割に反応はもらえなかった。

だが、その少ない「いいね！」をつけてくれた中には、モコさんがいたのだ。

「席もセンブロ3列目だったんでしょ？」

真美も勢い込んで言う。「私も教えたいことがあったの。譲渡の時にね……」

真美は空港にモコさんの夫が現れたこと、お金を受け取らないかわりに手紙を託されたこと、彼の風体や印象、諸々を話して聞かせた。

「いい人そうだね」聞き終わった絢夏は開口一番言った。「そうか。無償だったんだね」

「プレボに入れる手紙を託したいから、あえて譲渡の投稿して、さらに手渡し希望だったのかなって思った。東京のチケットを札幌市内で手渡し希望って、あまりないから」

絢夏の前にウーロン茶のコップを出した晴子さんが、そのまま近くの席に座る。「お手紙渡したかったんなら、まだファンなんじゃないの？　真美ちゃんは散々変わっちゃったとか言ってたけど」

「そうかもしれないけど、でもSNSを見る限りは、変わったとしか言いようがないんだよね。南泉はもちろん、『ラスファード戦記』やラスミュについてダンマリなのは事実だし、譲渡のを最後に投稿も止まってる。だとしたらあの手紙、城下くんへの決別の手紙だったのかも」自分の言葉に真美は悲しくなる。「そんな手紙をこの手でプレボに入れてしまった……城下くん悲しむよね」

「決別の手紙、か。そうなのかな」

ウーロン茶を少し飲んで、絢夏は考え込む顔になってしまった。晴子さんがその絢夏に訊く。「ところで今日はどうしたの？　真美ちゃんになんか用事でしょ？」

「ええ、そうなんです。ねえ真美、今月末誕生日でしょ」

「うわあ、その話題？」真美は厨房に食べ終わった容器を下げて、席に戻った。「誕生日なんて、もう全然嬉しくないよ。正直二十五歳あたりから既に嬉しくなかった。あーあ、またお母さんはうるさいんだろうなあ。四十になっても独りかとか、もっとちゃんとしたところに勤めろとか」

「あら、姉さんってば、そんなことを言っているの？　失礼な。私だって独り身だし、『てんぷら百勝』がちゃんとしていないとでも言うのかしらね？」

臍を曲げた顔の晴子さんに「ドンマイです」と絢夏は微笑んだが、すぐに表情を真面目なものにして真美に向き直った。

「誕生日プレゼントに食事を奢りたい」

「ありがとう。でも気を遣わなくていいよ。今さらそんな仲でもないし」

二十年以上の付き合いで、すっかり気心が知れている真美と絢夏は、それぞれが遠征先で買ったお土産などを渡したりはするが、誕生日やクリスマスといったイベントは逆にスルーしてしまうことも多かった。今さらプレゼントをあげたあげないでこじれるような仲ではないのだ。

「今年はお互いプレゼント免除の権利をプレゼントし合うということで。あ、でも東京のお土産は買ってきたんだ。ラスミュのロイのアクスタなの、ちょっと待ってて、来るってメッセージもらったから持ってきてるんだ」

バックヤードのロッカーにそれを取りに行くべく席を立った真美を、絢夏は制止した。

「ありがとう、嬉しい。でも待って。私の話も聞いてよ」

その口調がいつになく真剣だったので、真美は少々気圧された。大人しくまた席に座る。

「……分かりました、聞きます」

「あの日、確認しておくって言ったでしょ？」

譲渡の取引を申し込むか否か迷っていた日だ。あの日絢夏は、具体的根拠は示さなかったものの、モコさんについて、真美が思っているような変化はしていないと言い切ったのだった。

「モコさんのことで、何か分かったことがあるの？」

「なんとなく、そうじゃないかなと想像していることはある。だから」

誕生日に一緒にご飯を食べに行かないかと誘う絢夏の真剣な眼差しに、真美は了承するしかなかった。

＊

六月最終週の日曜日が真美の誕生日だった。

晴子さんは昼営業を終えると、

「半日有給をあげるから、絢夏ちゃんと楽しんでらっしゃい」

と真美を快く送り出してくれた。

真美はいったん家に帰り、ワンピースに着替えた。いつものバッグから、よそ行きのハンドバッグに必要な物だけを入れ、履き慣れないパンプスを履いて絢夏との待ち合わせ場所へ行った。

絢夏はシックなグレーのスーツ姿だった。

「真美、誕生日おめでとう」

「めでたくないよ、四十歳だよ」

「誕生日おめでとう、は、また一年仲良くしようね、っていう意味だから」

普段は使わない地下鉄駅で降りる。店までは少し歩くようだ。

絢夏が訊いてきた。

「モコさんの投稿、復活してるね。見た？」

「見た見た。先週は小樽に行ったんだね。小樽運河と天狗山からの風景とランチコースの写真。プラスワンちゃん」慣れないパンプスで、真美の踵はさっそく痛い。「小樽にもポルシェで行ったのかな」

「譲渡投稿の後は、しばらく沈黙していたよね」

「うん。だから本当に、私に託したのは決別の手紙で、アカウントを消すつもりなのかなとも思ってた。今はまた前のとおりっぽいね。前というのは、変わってしまって以降、という意味」

六月の夕方は明るい。午後六時を回っても、空は十分に青かった。気温はまだ夏を実感させるほどではないが、街路樹の葉の色や日差しの強さ、何より風と草のにおいが夏だった。

絢夏が確認する。「モコさんの夫は指輪をしていたんだよね」

「してたよ、見たもの」

「四年前に会った時のモコさんは、していなかった？」

「うん、それも間違いない」

「モコさん、どんな手だった？」

「どんな手って」

四年前の彼女の手なんて。真美はいささか面食らいながらも、親友の問いに答えるべく記憶を掘り起こす。白くてふくよかで、ぷにぷにで、ネイルはピンクベージュ。

それをそのまま伝えると、絢夏は頷いた。「そっか」

モコさんと同じ、白いプードルを連れた女性とすれ違う。プードルはよく手入れされていて綺麗だ。先だっての投稿ではモコさんの愛犬も元気そうだった。良かった。

地下鉄駅を降りてから、もう十分ほど歩いた。

「モコさんの手が何か関係あるの？」

「あると思う。指輪をしていなかったのも」

「独身だったからじゃなく？」

「その可能性もあるけれど、今もきっと、彼女は結婚指輪をしていない」

交差点を曲がり、少し坂を上った。生垣を張りめぐらせた一角がある。古民家のようだ。

絢夏は立ち止まった。

「ここ」

バラの庭園がある可愛らしい古民家にしか見えないが、そこはレストランなのだった。門柱にうっかりすれば見逃してしまいそうな看板が寄りかかっている。

『ベル・フォンティーヌ』。

モコさんの投稿に出てきた店だ。


店の中は広くなかった。

だが、居心地は素晴らしかった。

絢夏は席を予約してくれていた。山と森の絵が飾られている壁側のテーブルだった。真美の座る席には『お誕生日おめでとうございます』と書かれたカードがあった。

逆サイドの壁側テーブルに座る年配の男女の他、客はいなかったが、庭園を見渡せる窓際のテーブルには予約席の札が置かれてあった。

「初夏のコースを予約してあるの」

ワインは絢夏に任せた。苦手なものもアレルギーも何もない。

日が暮れてくると、バラ園のそこここにオレンジ色のガーデンライトが灯る。

シャンパンで乾杯し、アバンアミューズのフォアグラのカナッペ、セカンドアミューズの桜エビのカッペリーニを楽しんだところで、絢夏の視線が窓際のテーブルに向けられた。

「取材をした時に、ここのシェフの来歴を聞いたの」

「ホテルで下積みしてからフランスで修業、だったっけ」

「ホテルとフランスの間に一年間ある。その間は病院の厨房にいたそう」

「え、そんなことってあるの？　フランス料理のシェフでしょ」

「どんな方にも美味しい料理を楽しんでほしいから、あえて渡仏を一年延ばして病人食の勉強もしたんだって」

絢夏の目はまだ窓際の予約席を見ている。

「私ね、モコさんはご病気だと思うよ」

6

「彼女は腎臓の病気だと思う」

絢夏の見立てはこうだった。

モコさんは健康を害しているのだろう。多分、腎臓。彼女が投稿した数々の料理の写真には、一つの共通点がある。メイン料理が少なくなっている。全体的に肉や魚の量を減らしているのだ。タンパク質を制限している人なのだと思う、と。

「真美も言ったでしょ、このお肉、二口で食べられるって」

――メインのお肉、めっちゃ小さいのに。これなら二口だよ。秒殺できる自信ある。

「そういえば、言ったけど……」

「アレンジが違う料理もある。ごめん、ちょっとスマホいじるね。これが正規の皿」絢夏は画面に出したプレート画像を真美に見せた。「取材で撮らせてもらったもの。初夏のコース」

絢夏が見せた画像のステーキの大きさは、一般的なコース料理のそれだった。二口ではとても終わらない。違いは一目瞭然(いちもくりょうぜん)だ。ソースや付け合わせの素材も一部異なっている。

「お店の名前のタグをつけないのは、写真のお皿が正規のメニューや量だと誤解されると、お店に迷惑だからじゃないかな」

「待って。でも外食できるなら元気なんじゃない？　腎臓が悪い人って、厳しい食事制限があるんでしょ」

「だから、この店なんじゃないのかな。病院でも修業したシェフがいるこの店。それから」

絢夏は別の画像を表示させた。モコさんの投稿にあった、桜と苺のパフェだ。

「絢夏がPホテルだって間違えたやつだね」

「市内にはPホテルが運営するカフェが二つある。一つはコンサートホールの建物の中、もう一つは中心部から少し西に離れた区画」今度はマップを出してその区画を示した。「ここ」

「市電沿線だね。地価が高そうなイメージ」

「すぐそばに医大がある。腎臓内科には有名な先生がいる」

絢夏はスマホをしまった。

「オープンテラスのカフェは定期的に投稿されている。ご病気なら定期的に通院している。診察や検査が終わった後で、気晴らしをしているのかも」

「そんな……こじつけじゃない？」

「まあね。でももう一つあるの。彼女ってふくよかな方だったって言ってたよね。手も」

「うん。白くて柔らかそうで……」答えながら、真美はハッとした。「じゃあ、それって」

「結婚指輪はしたくてもできないんじゃないかな」

むくみの症状が出ていたというのか。あのぷにぷにの手は、病を持つがゆえの手だったのか？

ギャルソンがさりげなくホールに立つ。絢夏は続けた。

「モコさんがどんな状態かは知る術はないけれど、もしかしたら、あまり良くないのかもしれないね。食事制限をしなければならない人って、ご飯に関してはどうしても味気なくなってしまうものでしょ。でも、もういくら頑張っても先は望めないくらいになったら？　それでも一日でも延ばすために味気ない料理を選択するのかな。私ならしない。今以上に悪くなったら、味覚も変わるかもしれない。食べることすらできなくなるかもしれない。だったら、まだ食べられる今、食べたいもの、美味しいものを食べたいと思う」

「一年前にモコさんにそういう転換期があった……そういうこと？　宝くじが当たったとか、急にお金持ちになったとかいうんじゃなく？」

「もちろん、突然裕福になった可能性も捨て切れないけれどね。でも病気の段階が進んだ、って考える方が、私はしっくりくる」

以前のモコさんの投稿を思い出し、真美は呟いた。「モコさんは、生活そのままを投稿するスタイルだった」

「モコさんが実際に豊かな暮らしをしていることは間違いない」絢夏は言う。「だけどそれは、自慢したいとかじゃなくて、単純に記録をしているだけなんじゃないかな。」

「だったらどうして、病気のことは投稿しないの」

「生活そのままを投稿する人でも、ネガティブなことは表に出さない主義の人は珍しくない。ましてや体のことなら。オタクアカウントとして繋がっているフォロワーへの配慮だと思う」

ギャルソンが入り口前に移動した。客が来るのだろうか。

「もしかして、絢夏はそれに気づいたから、変わっていないと思うって言ったの？」

その時、入店してきた男女がいた。

真美は目を疑った。先方もこちらに気づいて目を見張る。

やってきたのは夫と一緒のモコさんだった。

＊

デザートも終わり、真美たちが最後のコーヒーを飲んでいると、ギャルソンが言伝を持ってきた。

「個室のお客様が、少しお時間をいただけないかとおっしゃっています」

ギャルソンも、こんなことは初めてなのだろう。戸惑いが見える。

「よろしければコーヒーの後でご案内させていただきます」

コースを終えてから、真美たちは個室に移動した。

個室にはすでにモコさん夫婦がいて、デザートを食べているところだった。

彼らはコース開始の前に、窓際のテーブルから個室に変わっていた。その時から真美たちに声をかけるつもりだったのだろう。

「わがままを聞いてくれてありがとう」

モコさんはそう言い、頭を下げた。

結婚指輪は嵌めていなかった。

真美たちも席についた。モコさんの隣には真美が、モコさんの夫の隣には絢夏が座った。

ギャルソンが真美たちにもう一度、コーヒーとプティフールを運んで来てくれた。

チケット譲渡のお礼および手紙の報告を済ませてしまうと、真美はどう会話を進めていいのか分からず、俯いた。だが絢夏は違った。洞察力に長けた絢夏は、相手に合わせながら会話を進めるのが上手い。自己紹介に絡めて、以前にこの店を取材したこと、今日が真美の誕生日であることなど、こちらの情報を明け渡しながら、着実にモコさんたちの情報も引き出した。

もっともモコさんとしても、話を聞いてほしかったからこそ個室に呼び寄せたのだろうと、真美も思う。

モコさんはやはり、病気だった。

「私の病気は多発性嚢胞腎というの」

腎臓に水が溜まった袋がたくさんできる遺伝性の病気だとモコさんは言った。若い頃は症状がなかったが、二十代半ばを過ぎて急に悪くなった。最初の観劇を共にする予定だった姉も、同じ病気なのだと。

「熱が出たり、血尿が出たりする。嚢胞が増えて腎臓が大きくなってしまうと、内臓が圧迫されて苦しかったり……今回の観劇も、急な発熱と血尿で断念したの。四年前の姉もそうだったな。でも、この病気だけなら、それほど予後は悪くない。透析に頼ることにはなってしまうでしょうけれど、一病息災という言葉もあるし、私はそれほど悲観していなかった」

絢夏は敏感だった。「この病気だけなら、というと?」

視線を落としたモコさんのかわりに、モコさんの夫が後を引き受けた。「彼女は合併症が出てしまったんです」

高血圧、心臓弁膜症、脳動脈瘤（どうみゃくりゅう）。脳動脈瘤が破れると、くも膜下出血を起こす。命の危険に直結する合併症がモコさんの体に出たのは、一年前のことだった。

「一年前に脳動脈瘤が見つかった時も、チケットは取れていたんです。でも義姉さんが同じ脳動脈瘤からくも膜下出血を起こしているせいもあってか、彼女がひどく動揺しましたので、断念せざるを得ませんでした。結局、動脈瘤のサイズがまだ小さく、緊急性はないとのことで、即手術にはならなかったのですが」

しかしそれは、時限爆弾を抱えて生きるようなものだ。モコさんはそれから、否が応でも死を意識して暮らすようになった。

彼女の事情は、ほぼ絢夏が想像したとおりだった。

元々モコさんは裕福な家庭で生まれ育った。結ばれた相手も豊かな男性だった。一年前まで外出や外食の投稿をしなかったのは、単純に機会がなかったからだった。腎臓の症状が出始めた二十代半ば以降の彼女は、自分を労（いたわ）り、無理をせず、愛犬の世話をしたり庭の草花を眺めたりなどして暮らした。自分で作る病人食は不味（まず）かったので、彼女は食事以外の日々の暮らしの中に、楽しみを見出そうとした。そんな時『ラスファード戦記』と出会った。

体を使わず夢中になれるゲームは、いい気晴らしになった。夫もオタ活に理解を示してくれたと、モコさんは言った。

「それにしても、シャネルやポルシェ以外にも、高価なものはお家の中にありますよね？ワンちゃん画像で一緒に写っててもおかしくなかったのに」

絢夏がズバリ指摘しても、モコさんはおっとりと微笑んだ。

「トリミング専用のお部屋でやっているんです。金額だけで言うなら、うちの子はバッグ以上よ。あの子の毛をカットする鋏も、特注の一点もの、三十万円くらいしたかな」

写っていたのだった。真美たちが気づかなかっただけで。

「自分が作っても家政婦さんにお願いしても、食事療法のご飯ってどうしても美味しくはならなくて、気が滅入った。私は本来食べることが大好きなの。だから、脳動脈瘤が分かって、我慢するのはもう止めようと決めた。このまま死んだら後悔すると思ったから」

「外食は僕からの折衷案でした」モコさんの夫が彼女の言葉を補った。「彼女の気持ちは分かりますが、制限を全て撤廃してしまうのは自殺行為です。できるだけ美味しくて見栄えがする、でもタンパク質や塩分、カリウムを抑えた料理を出せる店を、必死になって探しました。幸い、応じてくださるお店はいくつかありました」

「その一つがここ、『ベル・フォンティーヌ』なんですね。絢夏がシェフの来歴を教えてくれました」

真美が言うと、モコさんは頷いた。

「あなたが食べた料理に比べたら、やっぱり私の皿は薄味。でも素材の美味しさを味わっているのかな。見た目は申し分ないから、胃が圧迫されている時でも食欲が湧くし、このお店には本当に感謝してる。それから彼にも」モコさんはコーヒーを飲む夫を見つめた。「彼、私に付き合ってくれるから、カロリーオーバーみたい。お腹出てきちゃってる」

それから話は『ラスファード戦記』や南泉、そして二・五次元舞台に移った。

「真美さんが書いたこの前の舞台の感想、やっぱりすごく面白かった。感情がリアルで、臨場感があった。よかったらここでも話して」

モコさんがそう言ってくれたので、真美は冷や汗をかきながらも必死で舞台と推しの素晴らしさを語った。

どんなにつかえても、語彙（ごい）力の乏しさに似たような表現しかできなくても、モコさんは終始微笑んで聞いてくれた。

だから、真美は逆に不思議だった。ふと、言葉を切って尋ねた。

「モコさんはどうして、萌え語りをしなくなってしまったんですか？　ＳＳＰＡＹ先生のインタビューや新展開のことは、もう知っていますよね？」

向かいに座る絢夏が「ここまできてそれを訊いちゃうのか」と言わんばかりの表情になった。

モコさんはそんな絢夏に微笑みかけてから、体ごと真美の方を向いた。

「だって、三年後じゃない。新章が完結するの。私はそれを見られないかもしれない」

そう言うや、モコさんの瞳は四年前の観劇の後のように、みるみる潤んだ。

「私の血圧ね、上は二百を超えてる。下はいつも百以上だよ。薬を飲んでこれなの。体の血管はきっともうボロボロ。いつどうなってもおかしくない。だから、できるだけ楽しいことで生活を彩っていたつもりだった」

その一つが推し活であり、観劇だったのだろうかと真美は思う。

「あの告知があった時、それに喜んでいるみんなが、真美さんが羨ましかった。ごめんね、心が狭いよね。私、来月脳動脈瘤の手術をする。だんだん大きくなってるし怖くてたまらないから。でも手術が成功したとしても、またできるかもしれない。できてすぐ大きくなって、あっという間に破裂するかもしれない。姉のように。こんなに好きなのに、南泉くんがどうなるか知ることができなくて、私が死んだ後にもっと盛り上がって面白くなっていくと思うと、悔しくて寂しくて、だから、語れなかった」

モコさんは白いナプキンで顔を隠しながら、洟を啜った。

「いいなあ、真美さん。三年後に新章完結予定って知った時、私は絶望したんだよ。このストーリーは私に向けられたものじゃないって痛感したから。いいなあ、真美さん。楽しみだって思えるの、本当に羨ましい」

——自分とはかけ離れた生活を送るオタ仲間が羨ましい、ってこと？

実は、晴子さんの言葉は図星だった。全部が全部ではないが、羨ましい部分は確かにあった。片や天ぷら屋のバイト、片やハイブランドに囲まれた生活かと思うと。

でも、モコさんも真美を羨ましいと言った。

モコさんの言葉を聞きながら、真美は自分のことを振り返らずにはいられなかった。

告知があった時、私はどうして楽しみだと思えたのか。

三年後も自分はゲームができ、観劇できているという前提でいるのはどうしてか。

誰も明日のことなんて分からないのに、生きている保証すらないのに、私は当たり前にその日を迎えられると思い込んでいる。

だから楽しみだと、なんの疑いもなく思った。

「南泉役の城下豹さんにお手紙を書かれたんですよね」絢夏が静かに尋ねる。「そのお手紙はもしかして……」

「もちろん、ラブレターじゃないですよ。私、リアコってわけじゃないし」

リアルに恋をしているのでは、という疑いをかけられたと思ったのか、既婚者のモコさんはそれを否定した。

「今までのお礼を書いたんです。七月に入ったら手術する、また観に行きたいけれど、もう無理かもしれない、ずっと支えてもらってた、ありがとうございましたって。重いかもだけど、書かずにいられなかった。南泉の死のショックから救ってくれた一つは彼だったから……」

そうしてモコさんは真美にまた笑いかけた。

「救ってくれたもう一つは、真美さんのSNS。南泉が死んだ時の、あの長い長いツリーを読んでたら、同じ思いをしている人がここにいるって分かって、同意の嵐で、すごく嬉しかった。今まで言えてなかったけれど、ありがとう」

店を出て、真美は絢夏と一緒に歩く。シャンパンにワインを二杯飲んだが、もう酔っている実感はなかった。

「モコさんと会えたのは、偶然？」

「偶然だけど、上手くいけば会えるかもしれない、とは思っていた」

毎週日曜日の夜に『ベル・フォンティーヌ』の写真が投稿されること、予約時に窓際の席を取ろうとしたらすでに埋まっていたことを、絢夏は理由にあげた。

「偶然プラス幸運だったな」

そんなふうに振り返る絢夏に、真美は「モコさんの方の力添えもあるのかも」と返す。

「彼女の力添え？」

「モコさん、強運の持ち主だから。初観劇で最前列の席を取った人だよ」

わずかでも私に会いたいと思ってくれていたのなら、今夜の再会だって……都合の良いように考えようとしている自分に気づいて、真美は話題を変えた。

「四年前、私、モコさんに言いたかったことがあるんだ」

「四年前って、真美がモコさんと一緒に観劇した時？」

「うん、その時。でも言いそびれちゃった」

「なんで言わなかったの？」

「なんでかな。推しの話で盛り上がりすぎちゃったからかな」

「そっか」絢夏は内容を尋ねてはこなかった。「本当に楽しかったんだね」

日付が変わる前、モコさんが今日のディナーをＳＮＳに投稿した。メインの皿はもちろん、お肉やお魚などタンパク質のものは、真美が食べたものに比べて随分少なかった。

『会いたかったお友達に偶然会うことができました』

『嬉しかった』

『お誕生日おめでとうございます』

それがモコさんのコメントだった。

＊

七月になった。

モコさんの手術の日だ。

その日の朝、城下豹がSNSを更新した。

『頑張れ』

フラップに箔押しの犬の画像に、その一言だけの投稿は、ファンを少しざわつかせている。

『てんぷら百勝』へ出勤する道の途中で、真美は空を見上げた。青空に天をつく雲が迫り上がっていた。夏の雲だ。空の色や具合で季節が変わったと分かる時がある。今日はそういう空だ。

あれから真美はモコさんに何も告げられていない。何を言えばいいのか、モコさんはどんな言葉が聞きたいのか、あの夜からずっと考えてたけれど、やっぱり分からない。何を言っても間違えてしまう気がした。

でも、伝えたいことはあるのだ。かつて言いそびれたこととそっくり同じ言葉だ。

今度一緒に舞台を観にいきませんか?

先のことなんて、彼女はやっぱり嫌だろうか。

でも、そういう未来があればいいと、真美は願ってやまない。

一度きりの夢を観るために

三宅香帆

舞台。それは非日常の夢である。

私たちは瞼（まぶた）を開けて夢を見るために劇場へ足を運ぶ。現実にはありえないロマンス。このご時世に存在しようのないような家族愛。ここではないどこかへ連れて行ってくれるファンタジー。日常を忘れて大笑いさせてくれる喜劇。強烈なインパクトで心を動かしてくれる悲劇。

——本書は、そんな非日常な舞台を題材にしたアンソロジーである。

普段、観客に非日常を見せるために、役者やスタッフはストイックな日常を送る。彼らの不断の努力と舞台公演ができる環境が揃ってはじめて、幕はひらくのだ。

その舞台の種類はさまざまだ。二・五次元舞台、バレエ、ミュージカル、ストレート・プレイ……本書が収録した五編の短編は多様な舞台を扱っている。そのすべてに共通するのは、舞台とは誰かの現実の努力と不思議な縁の結晶でできている、ということである。

それぞれの作品について詳しく見ていこう。

近藤史恵「ここにいるぼくら」は、三十四歳のなかなか売れない俳優・琴平達矢が二・五次元舞台にはじめて出演することになったところから始まる。彼のもとへ、突然シリーズものの二・五次元ストレートプレイのオファーがくる。前作までの出演者の降板によりキャスト変更になった役を琴平は引き受けるが、全く知らない二・五次元の世界に突然飛び込んだため、最初はファンの熱量に驚くことになる。そして「キャス変」は大きな波紋を呼んだ。

「二・五次元舞台」とは、既に存在する漫画やアニメ、ゲーム（二次元）を原作として、舞台（三次元）化した作品を指す。琴平が出演することになった『舞台 大江戸ノワール』の原作は、人気のソーシャルゲームである。二・五次元舞台の特徴は、ファンが「役者とキャラを重ね合わせて応援する」こと。それゆえに、キャスト変更は、ファンからすると「役者もキャラも合わせて好きだったのに、役者だけ交代すると応援できない」という状態に陥ってしまうのだ。

はたして、琴平はそのようなファンの心理をはじめとする二・五次元舞台特有の文化にどう対応するのか？　臨場感たっぷりに描かれた二・五次元舞台の設定や舞台描写にも注目してほしい。

「ここにいるぼくら」が表舞台に立つ人間の物語だとすれば、笹原千波「宝石さがし」は、舞台の裏側を支える人間を加えた物語である。

バレエの世界は、美しい衣装が必要不可欠だ。デザイナー・入江恵が再会したのは、友人ゆりの娘であり、東欧のバレエ団にダンサーとして所属している美玖だった。美玖の衣装をデザインすることになった恵は、美玖がダンサーとしての壁にぶつかりながら、駆け出しの振付家として新たな道を模索する姿に触れることになる。

バレエダンサーを目指す者の多くは小さい頃から練習漬けの日々をおくり、それでも成功するのはほんのひと握り。そんな厳しい世界で戦う美玖に、恵の制作した衣装が力を貸す。――その衣装が使われる舞台を構成するのはダンサーだけではない。バレエという美しい世界の裏側で、悩みながら夢に手をのばす人々の物語である。

白尾悠「おかえり牛魔王」は本アンソロジーで唯一アマチュアの劇団を描いた作品だ。

語り手・岩間奈津は、無期雇用派遣として雇われている会社に最近やってきた、同じく派遣社員の桐ヶ谷詠美のことが気になって仕方がない。いるだけで周囲がざわめくほどの美人である桐ヶ谷は、常にドライで、常に人と距離をとり、常に定時で帰る。なぜ彼女はそんな態度をとり続けるのか？　桐ヶ谷の指導役である奈津は彼女のことを知ろうとするのだが、そこで見えてきた桐ヶ谷のもう一つの顔は「アマチュア劇団員」という予想もしていないものだった。

台本の遅れや制作担当団員の退団が重なり、桐ヶ谷は多忙を極めていた。役者としての練習だけではなく、子どもの団員たちの特別稽古、チラシ制作といった宣伝活動、スタッフとの打ち合わせなど、雑用も自分たちでやらねばならないからだ。

　自分のことを派遣社員のまとめ役として都合よく使う会社に葛藤を抱きながら、目立つことを恐れて何も言い出せずにいる奈津と、目立つことを恐れず自分のやりたいことをやろうとする桐ヶ谷の物語が絡み合う。舞台でも日常生活でも、目立つことは他人の評価と不可分なのかもしれない。目立ちたがる他者を嫌う人の多いこの国において、桐ヶ谷の姿勢はすがすがしい。舞台を観ると胸のつかえがとれたように感じるのは、自分自身を思い切り表現する他者を見る楽しさがあるからなのかもしれない、と本作品を読むと思う。

「おかえり牛魔王」と対になるのは、雛倉さりえ「ダンス・デッサン」である。「おかえり牛魔王」がなにかを表現することに惹かれて舞台に立っている人の物語だとすれば、「ダンス・デッサン」は自分は舞台を構成する道具でしかないと考えていた人の物語だからだ。

　本作の主人公・ミュージカル俳優の瀬木到は所属する劇団緑光の人気公演『ダンス・デッサン』に主人公の友人役で出演することになった。背が低くアンサンブル枠で踊り続けてきた彼にとって、それはまぎれもないチャンスであると同時に、人生の喜びを信じられない自分に務まるのか不安を感じる仕事だった。

「天才の芸術ではなく、会社員の業務としての舞台業」という視点でミュージカル劇団員を描いたところが特徴的な作品である。瀬木は、中学校のときに親しかった中山理人の思い出が常に胸にある。「目立ちたいから」といった理由ではなく、理人を忘れないために、理人と見た輝きの中に身を置くために、彼は舞台に立つ。ミュージカルの世界のきらめく才能たちに触れながら、瀬木が舞台上で見た光をぜひ知ってほしい。

そして舞台を通して生まれる観客同士の交流に焦点を当てたのが、乾ルカ「モコさんというひと」である。

広瀬真美はソーシャルゲーム『ラスファード戦記』の二・五次元ミュージカルのチケット譲渡情報をSNSで見かける。その投稿をしていたモコさんは、真美が一度だけ会ったことのある、同じキャラクターが好きなSNSの相互フォロワーだ。しかし真美は譲渡情報に連絡するのを躊躇っていた。最近のモコさんの投稿は、なんだか声をかけづらい雰囲気になって——以前とさま変わりしていたからだ。

ファン同士というものは、案外繊細で難しい関係にもなりやすい。それでも舞台が繋いでくれる縁は確実にある。仕事も私生活も知らないけれど、同じものを好きというだけで盛り上がることができる他人がいる。その幸福を思い出させてくれる小説だ。

冒頭にも書いたように、舞台とは非日常の夢である——観客にとっては。しかし、作り手にとっては舞台を続けることが日常だ。俳優も、スタッフも、現実的な努力を重ねたすえに、舞台という非現実な夢は生まれる。

非日常の夢を共有するために、作り手と受け手は日常の苦労を重ねている。——たったひとつの、舞台のきらめきをつくりだすために。

舞台は再生産できない。同じ演目の再演でも、一度として同じ舞台は存在しない。毎回、役者もスタッフも観客も、そこで生まれる流れも違うからだ。コロナ禍の公演中止を経験した人はなおさら「一度として同じ舞台はない」ことの意味を理解しているだろう。

一度きりの舞台のために、私たちは劇場に集まる。

その美しさを思い出させてくれるアンソロジーがここに誕生した。小説は何度だって味わうことができるのが良い点だ。何度だって、読み返そうではないか。

本書は〈紙魚の手帖〉vol.10の特集「舞台（ステージ）！」の書籍化です。

検印
廃止

アンソロジー　舞台！

2024年3月15日　初版

著　者　近藤史恵・笹原千波・
　　　　白尾　悠・雛倉さりえ・
　　　　乾　ルカ

発行所　(株) 東京創元社
　代表者　渋谷健太郎

162-0814/東京都新宿区新小川町1-5
電　話　03・3268・8231-営業部
　　　　03・3268・8204-編集部
URL　http://www.tsogen.co.jp
DTP　キャップス
暁印刷・本間製本

乱丁・落丁本は、ご面倒ですが小社までご送付ください。送料小社負担にてお取替えいたします。

ISBN978-4-488-80311-7　C0193

シェフは名探偵

UN RÊVE DE TARTE TATIN◆Fumie Kondo

タルト・タタンの夢

近藤史恵

創元推理文庫

ここは下町の商店街にあるビストロ・パ・マル。
無精髭をはやし、長い髪を後ろで束ねた無口な
三舟シェフの料理は、今日も客の舌を魅了する。
その上、シェフは名探偵でもあった！
常連の西田さんはなぜ体調をくずしたのか？
甲子園をめざしていた高校野球部の不祥事の真相は？
フランス人の恋人はなぜ最低のカスレをつくったのか？
絶品料理の数々と極上のミステリをご堪能あれ。

◆

収録作品＝タルト・タタンの夢，ロニョン・ド・ヴォーの決意，ガレット・デ・ロワの秘密，オッソ・イラティをめぐる不和，理不尽な酔っぱらい，ぬけがらのカスレ，割り切れないチョコレート

四六判並製

ひとつの映画が変えた監督と俳優の未来

IRIS◆Sarie Hinakura

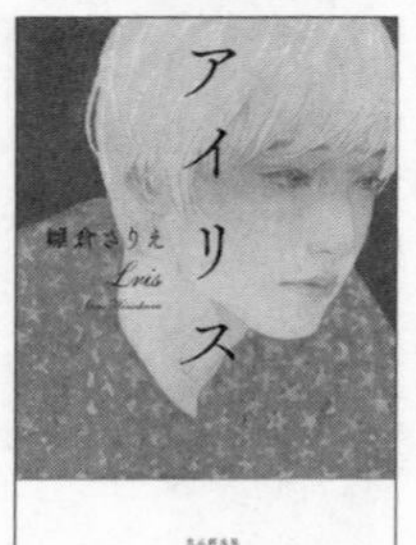

アイリス

雛倉さりえ

◆

映画『アイリス』に子役として出演し、脚光を浴びた瞳介は、その後俳優として成功できずに高校卒業前に芸能界をやめた。だが、映画で妹役を演じ、現在も俳優として人気を集めている浮遊子との関係は断てずにいる。『アイリス』の栄光が、彼を過去へと縛りつけていた。それは監督の漆谷も同じだった。28歳で撮った『アイリス』は数々の賞を受賞したが、どれだけ評価を得ても、この作品を超えられないと葛藤していた——